白い夜に…

CROSS NOVELS

火崎 勇
NOVEL: Yuu Hizaki

乃一ミクロ
ILLUST: Micro Noici

CROSS NOVELS

CONTENTS

CROSS NOVELS

白い夜に…

7

あとがき

236

CONTENTS

白い夜に…

祖父は、樋口家《ひぐちけ》三人兄弟の長男だった。

農家の生まれだったが、家を継ぐと農地を潰《つぶ》して工場を建て、印刷屋を始めることにした。

弟二人は大反対だったが、土地を売ったと仮定し、当時の価値で土地の売却価格の三分の一ずつを与えて決着をみた。

その後、祖父は大手のお菓子メーカーのパッケージ印刷の契約を取り、仕事を安定させ、会社を大きくした。

その祖父が亡くなり、父が会社を相続する時にはかなりの大会社になっていた。

そのせいで、祖父の兄弟が元々自分達の父親の土地を使ったのだから、遺産の一部を分配しろと言ってくるトラブルもあったけれど。

その必要などないのに、父は自分の叔父だからと幾らかの金銭を与えたらしい。

また、父には二人の弟と、妹が一人いたのだが、相続では随分《ずいぶん》と揉《も》めていた。

会社は分割できないから、父が継ぎ、叔父達は金銭と会社の株券で、ということで落ち着いたが、家はどうする、家の中の美術品はどうすると、葬儀の後にケンカをしている姿を見た。

そのせいで、叔父や叔母達とは疎遠になってしまった。

俺が小学生だった時の話だ。

小さい頃から、父は会社を継ぐのはお前だと言っていた。

そのために、大学も経済学部へ進み、在学中にアルバイトとして会社で働いていたけれど、会社に身を置けば置くほど、自分は経営者には向かないことを実感した。

取引のために人に会ったり、多くの人の意見をまとめて決裁したり、他人に命令を下したり、競合会社と争ったり。

内向的な自分には、どれも辛いことばかり。

それでも、祖父から脈々と繋《つな》いできたものだから、何とかそういうことに慣れるよう頑張っていた。

だがようやく大学を卒業したばかりの今年、両親は少し早いが、年末年始の休みを別荘で過ごすことにしたと言って出掛けた後、逆走した車と正面衝突して……、亡くなった。

即死だった。

俺は東京に残り、普通にサラリーマンとして働いていた。

警察から会社に連絡があり、俺は副社長の時田《ときた》さんと一緒に病院へ向かったが、対面できたのは綺麗に整えられた遺体だった。

いつも長い髪を、結い上げていた母の髪は短く切られていた。

いつもちゃんとスーツを着ていた父は、青いパジャマのようなものを着ていた。

どちらも、治療のためということだった。

ビニール袋に入れられた血塗《ちまみ》れの衣服は切り刻まれた二人の着衣だった。

それだけでもショックだったのに、二人きりになった時に時田さんから説明されたことは、更にショックを大きくした。

「実は……。会社、危ないんです……」

長年契約していた製菓会社がこの不況で規模を縮小し、今まで十八種類のパッケージの印刷が依頼されていたのに、八種が生産中止となり、うちの仕事も減った。

更に、カタログ印刷を依頼していた企業が、おりからのネット化で、全てを電子化することにしたので、印刷物の発注を終了させたというのだ。

「会社がかけていた社長の保険金で、当座の穴埋めはできるでしょう。ですが、そこから先のことは……。美樹也《みきや》さんも考えておいてください。私も何とか考えてみます」

そう言われても、俺が何を考えればいいというのだ？

「葬儀は……、社葬で？」

「我が社の経営状態を外に知られるわけにはいきません。表面上は『あるべき姿』でいた方がいいかと思います。今晩、重役達を集めて、葬儀の準備とこれからのことについて話し合います。美樹也さんも顔を出してください」

「……わかりました」

両親が亡くなったのが、あまりにも突然だったので、悲しみよりも驚きが先だった。

そのタイムラグの間に、飛び込んできた会社の話のせいで、俺は泣く機会を逸してしまった。

悲しむより、悩む方が先だ。

自分が跡を継ぐなら、会社のことをちゃんとしないと。

それが父さんの遺志に違いないのだから。

けれど、会社のことを考えようとしていた病院の俺の元に叔父や叔母達がやってくると更に問題が増えた。

「美樹也はまだ大学を卒業したばかりだろう。どうだ？　叔父さんが会社は引き受けようか？」

上の弟である卓巳《たくみ》叔父さんが言いだすと、下の弟である勝《まさる》叔父さんが反対した。

「何言ってるんだ。会社は美樹也が継ぐべきだろう。それより、樋口の実家のことだが、相続税を考えると売却するべきじゃないのか？」

その言葉に、今度は良子《よしこ》叔母さんが口を挟む。

「家を売ったら、美樹也はどこに住めって言うの？　それぐらいだったら、マンションにすればいいのよ。叔母さんも出資するから」

「お前達、何言ってるんだ。あの家を売るだの潰すだの。家より会社のことを考えるのが優先だろう」

「何言ってるの。会社のことは会社の人間が考えればいいんだから、私達は樋口の家のことを考えるべきよ」

「お前は嫁に行ったんだから、樋口の家とは関係ないだろう」

両親の死を慰《なぐさ》める言葉もないままに始まった口論は、俺を傷つけた。

けれど叔父さん達はそんなことにも気づかず、口論を続けていた。

時田さんが入ってくるまで、その口が閉じることはなかった。

時田さんはちらりと叔父さん達を見て挨拶をし、お悔やみを述べるとその場から俺を連れ出してくれた。

「葬儀の打ち合わせがありますので」

と断りを入れて。

でも、助けるつもりではなかったのかもしれない。本当に、打ち合わせるべきことがあったからなのかも。

一緒に戻った樋口の家には既に重役達が待っていて、そこから長い話し合いが始まった。

会社の経営状態。

社のかけた保険金の支払い。

工場の一部売却を考えてはどうか。

父さんが個人でかけていた保険はないのか、あったら、その保険金を補塡《ほてん》として社に提供してくれないか。

会社名義のものは会社でその処分を決める。樋口個人の名義のものの処分は任せるが、その売却益を社に投資して欲しい。

喪主は俺でいいが、葬儀委員長は時田さんに任せ、葬儀の進行は会社にやらせて欲しい。ひいては、香典は会社で管理したい、と。

俺に、何ができただろう？

老獪《ろうかい》な大人達に囲まれ、ショックと悲しみと混乱で包まれた、社会の仕組みもよくわからない自分に。

『樋口美樹也』という個人が置き去りにされたまま迎えた両親の葬儀。

通夜の席で既に、会社側の人間と身内の人間の争いは始まっていた。

会社がかけた保険金は受け取りが会社になっているからいいとして、個人のものは美樹也が受取人なんだから会社に渡す必要はない。

樋口の実家の相続はどうする。

一番揉めたのは、父名義の土地に立っている会社の倉庫だった。

叔父達は売ってもいいのだぞ、と脅し。時田さん達会社の人間は、その権限はあなた達にないと怒り、双方が俺に向かって、

「どうするんだ？」

と問いかける。

葬儀の間泊まり込んでくれていたお手伝いさんであるキミさんが、見かねて「いい加減になさい。葬儀も終わっていないのに」と怒ってくれたが、そのせいで彼女が余計な口を出すなと攻撃されてしまった。

当たり前のことを口にする六十を過ぎた女性に向けられた険しい態度。

「止めてください。今はまだ何も考えられないんです。皆さんのおっしゃることはわかりますけど、今は静かに両親を葬ってください」

たまりかねて言った言葉。

それで少しは落ち着いてくれたと思ったのに。

「でもね、美樹也くん」

と続けられそうになって、俺は席を立った。

「……やれやれ、まだ子供気分か」

という声を聞きながら。

世界は、当たり前に平穏だった。

その時までは。

けれど全ては変わったのだ。

優しく好意的だった会社の人達も、縁遠くても身内だった親戚も、皆亡者になった。

社長である父が亡くなり、俺が次の社長になると思われたのだろう。会社の同僚達の態度も変わった。

距離を置き、失言しないように注意しているのが伝わってくる。

学生時代の友人も来てくれたが、終始側にいる会社の重役達が壁となり、親しく言葉を交わすこともできなかった。

誰かが、余計なことを言ったのか、「俺達はいても邪魔だそうだから」と複雑な笑みを浮かべて早々に帰ってしまった。

葬儀の時の記憶はあまりない。

家から送り出してあげたかったというささやかな願いは一番に却下されていて、葬儀場は大きな寺を使用していた。

葬儀委員長はさんざん揉めたけれど、副社長の時田さん。

役割をもっと血縁に回せと叔父さんが文句を言ったが、「会社が金を出しておこなう葬儀です。それともあなた方が葬儀代を全部支払ってくださるんですか?」と告げると、引っ込んでくれたらしい。

葬儀屋との打ち合わせも、会社の人間がして、俺の仕事は焼香客に会釈《えしゃく》するだけだった。

どこまでも黒い人々。

こんなところで会うなんてと、旧交を温め合い、笑い交わす人。

この後、どこかでお茶しようと約束している女子社員。

そんな人ばかりが目に付く。

母の友人は母のために涙を流してくれたが、ここまでくると、それは遠い風景のようにしか見えなかった。

それに、彼女達の注意は、俺ではなく母の亡骸《なきがら》に向いていたので。

葬式を終え、焼き場へ行き、寺へ戻ってきて繰り上げ初七日を済ませ、お骨を持って家に帰る。

家の中を物色し始めた叔父達を、同行した時田さんが止める。

「名義が個人か社かわからないので、手を触れないようにしてください。それに、美樹也くんがいるんですから、あなた達に樋口の家の遺産を受け取る権利はこれっぽっちもないんですよ。遺産は横には流れないんです。明日には弁護士の馬場《ばば》先生もいらっしゃいます。美樹也くんの許可なく、何か一つでも持ち出されたら窃盗《せっとう》ですよ」

守ってくれるはずのその言葉は、逆効果だった。

叔父や叔母達は、『美樹也くんの許可』という言葉に反応し、矢継ぎ早に「これはいいよな、美樹也？」と俺に許可を求めてきたから。

「相続の件は、弁護士の先生にお任せします。叔父さん達への分配は、遺言書があるかもしれませんから、それを確認してから」

と言って収め、部屋に戻った。

でも、遺言書はなかった。

父も、自分がこんなに早く亡くなるとは思っていなかったのだろう。

弁護士の馬場先生は、キミさんよりも強い精神の持ち主で、皆を黙らせる権限があった。

「相続の件に関しましては、相続の権利を浴する方のみとの相談にいたします。皆様には権利がありませんので、お引き取りください」

会社の人間も、叔父達も、馬場先生の前では引き下がるしかなかった。

馬場先生は、二人きりになると、お悔やみの言葉をくれた。

「大変だったね。樋口さんもお若いのに可哀想に。美樹也くんも大変だったろう」

やっともらえた血の通った言葉に、涙が零《こぼ》れる。

でも、馬場先生も、泣きつく相手ではなかった。

「では、相続に必要な書類について説明させていただきます。まず、実印と印鑑証明、それに戸籍謄本など……」

自分が、人間ではなく、何かの塊になってしまったようだった。

悲しみと疲労、困惑と嘆きでできた。

内側から蝕《むしば》まれ、外側から削られ、どんどん『自分』が消えてゆく。

「美樹也さん、ご相談なんですが、美樹也さんも会社を受取人にして、保険に入っていただけないでしょうか？」

時田さんにそう言われた時。俺は自分の存在が金銭で換算されているのだと思った。

「会社の負債はこれだけあります。今、会社を潰すわけにはいかないんです。美樹也さん個人の資産も、是非会社に投資することを考えてください」

叔父さんや叔母さんの言葉にしてもそうだ。

「美樹也。弁護士と話し合っただろう？　これからは私達に世話になることも多いんだから、ちゃんと考えてくれないと困る」

「この家は、あなた一人には広過ぎるでしょう？」

「美術品なんかは、祖父さん、つまり私達の父親が収集したものだ。息子である私達にも、相続権があると思わないか？」

俺からいくら引き出せるか、何を取れるかを考えているようにしか思えない。

利益というものが介在すると、人間関係がこんなにも歪《ゆが》むものなのかと思った。

純粋だった好意に、一滴の墨《すみ》が落ちる。

強欲、嫉妬《しっと》、遠慮、憐憫《れんびん》という色が落ちてゆく。

それは波紋状に広がってゆき、それぞれが混じり合う。

そうなった時点で、好意は純粋ではなくなる。

受け取るこちらも、『純粋じゃないんだ』という受け止め方しかできなくなる。

向けられる言葉の中に、優しいものが含まれていたとしても、もう気づけない。みんな欲に塗れているように見えてしまう。

正常な判断ができなくなった頭に、雑務が詰め込まれる。

会社の引き継ぎ、土地や有価証券などの名義の書き換え、銀行預金の移譲。葬儀に間に合わなかった人々の個別の来訪への対応。

説明を聞かされ、役所に行って書類を取り、判子を押して、また説明を聞いて。

まだ救いだったのは、葬儀を社葬にしたので、それにまつわる仕事は会社が引き受けてくれたことと、年末年始で会社が休みになったから、出社しなくていいということだ。

そんな時、時間の確認のために点《つ》けたテレビに目が留まった。

『今年は雪が深く、S高原は美しい雪景色が広がっています』

あけましておめでとうございます、を繰り返すばかりの画面の中に広がる真っ白な景色。

何もない。

ただ白だけで構成された風景。

何も考えたくないと思っていた自分の心に、その景色がすっぽりと嵌《は》まった。

ああ、いいなぁ……。

キミさんも、年末年始は息子さんのところへ戻っていたので、家には自分一人。突発的な行動を止める人はいなかった。

どこにいても、両親の思い出が見える家から、うるさく電話の鳴り響く家から離れたい。

何も考えずにいたい。

ただその思いだけで、俺は車に乗った。

北へ行こう、あの白い景色の中に立とう。

全て捨ててしまおう。

あそこへ行ったら、何かがすっきりとするだろう。

きっと、混沌《こんとん》とした頭の中から、正しい答えを見つけ出すことができるだろう。

そう思って、アクセルを踏んだ。

現実から、逃げ出した……。


地図は持たなくても、大体の道はわかっていた。

テレビの中に映ったS高原は、奇《く》しくもうちの別荘のある場所から近かったので。つまり、両親の事故現場に、だが。

年が明けたばかりの都心の道はガラガラだった。

高速ではなく、下の道を選んだのは、なるべくゆっくりと行きたかったからかもしれない。

閑散とした街が、心象風景に重なると思ったからかも。

途中でガソリンを入れ、その時にスタンドの横にある自動販売機でハンバーガーを買った。

ハンバーガーの自動販売機なんて、生まれて初めて見たけれど、温かいというだけで、それは美味《うま》かった。

北へ。

もっと北へ。

雪を求めて、しがらみを離れて。

そういえば何かで、犯罪者は逃げる時に北を目指すという話を聞いたことがあったな。

俺は、犯罪者なのだろうか？

ああ、でも、沖縄《おきなわ》の離島に潜んでいた犯人もいたから、それは昔の話なのかも。

きっと、どちらにしても人から離れたいと思うのだろう。人込みに紛れようとする者は、きっと精神的に強い人間か、人を人と認識していない者なのだ。

そんなくだらないことを考えているうちに、景色には白い色が多くなり、やがてそれが主体になった。

路面も、灰色のアスファルトから踏み潰された黒い雪の中に二本の轍《わだち》が続き、やがてそれも氷の下に透けるだけになる。

タイヤ、チェーンを巻くべきかな？

確かスタッドレスタイヤをはかせていたはずだから、大丈夫だと思うが……。

人のいない山奥。

誰もいない道。

建物も、行き交う車もなくなる。

自分は……、どこへ行こうとしていたんだっけ？

北だ。

もっと奥地だ。

もっと人のいない場所だ。

日が暮れて、あっという間に辺りが暗くなる。

雪も降り始めた。

誰もいない。

何の声も響かない。

世界に、自分一人だけしか存在していない。

ワイパーの効きも悪くなってきた。

気が付くと、道は行き止まり。バックで引き返して別の道を選ぶが、また行き止まりになっている。

今入ってきた道もわからなくなり、右へ、左へとハンドルを切る。

広い、雪原のような場所。

違う世界だ。

自分が生きているのとは全く違う世界。

俺はエンジンを切って車の外へ出た。

酷く寒い。

吐く息は白く、手がかじかむ。

すぐに歯の根が合わなくなってガチガチと音がする。

違う世界なら、何も考えなくていい。

遠い世界なら、煩《わずら》わしいことは追ってこない。

「……寒い」

まだ柔らかく、ふわりと積み上がった雪の中、目指すものもなく歩き始める。

どこかへ行きたい。

ただその気持ちだけだった。

何も考えたくないというだけだった。

右も左もわからない吹雪の中、それだけで足を進めた。

山に入ってしまったのだろうか？

国道を走っていたのだから、そんな山奥に入るはずはないのに、何もない広い場所へ出るなんて、やっぱり自分は異世界に入り込んだのだ。

真っ暗なのに、空を舞う雪の白さが眩《まぶ》しいのも、これが現実ではないからだ。

ほら、寒さすら感じなくなってくる。

たった今、出てきたばかりの車の姿さえ見ることができないのは、車は向こうの世界に置いてきたからだ。

逃げ出したいと思っていた気持ちが、自分を遠くへ連れてきたのだ。

長く運転して疲れていた。

眠気に襲われ倒れた柔らかな雪の上が布団にしか思えなかった。ここで眠っていいと言われてるみたいに。

これで……、眠ってしまえば全てが終わる。

どこかにそんな気持ちがあった。眠りの先に何が待っているのか、わかっているのに。それでも起き上がることができない。

「死にたいのか?」

と問われて。

「死にたい……」

と答えてしまったのは、本心だ。

問われる?

誰が?

ここで、誰が俺に問いかけるんだ?

心の中の自分？

閉じかけていた目を開けると、目の前には雪像があった。

違う。

雪像ではない。

白い塊は、人だった。

人？

腰まである、振り乱した長く、白い髪。その中から小さな突起が左右に二本。この寒いのに真っ白な着物姿。

鬼だ。

物語の中に描かれる鬼そのものだ。

鬼は、倒れている俺の顔を覗《のぞ》き込んだ。

「何で死にたい？」

これは夢だ。

現実に、鬼なんかいるわけがない。

「死んだら……、楽になれるから……」

俺の心の中の、もう一人の俺の姿だ。

「何が辛い？」

「……両親が、亡くなった。悲しみたいのに、悲しむ暇《ひま》もない」

「何故《なぜ》？　仕事か？」

「仕事……。会社を継ぐのは嫌じゃないけど……。どうしてみんな金の話ばかり……。父さん達が亡くなったことを悲しむより、俺から金を引き剝《は》がすことが先で……。何をしたらいいのかわからない。みんな……、みんな持っていけばいい。俺に保険でも何でもかければいい。俺が死ねば、みんなが欲しいお金を手にできて。会社も安泰、社員の生活も保証されて、叔父さん達も満足するだろう」

言ってる間に、涙が零れる。

「俺は……、ただ両親が亡くなったことを悲しみたいだけなんだ……。みんなにも、悲しんでもらいたかった……。俺の愛する人だから、みんなにも愛していてもらいたかった。なのに……」

その涙が睫毛《まつげ》の先で凍る。

「生きてる意味がわからない……。生きてることが金に換算されるだけなら、俺なんかいらない。死んだ方がみんなのためなんだ」

疲れていた。

身体ではなく心が。

疲れて、自暴自棄になっていた。

だって、そうだろう？

何故両親を亡くしたばかりの俺に会社の話をする。自分の兄弟が亡くなったのに、もらえるものはないかと考える。

お前達の中に悲しみや、人の死を悼《いた》む気持ちはないのか？

……どうして、俺はそう叫ぶことができなかったのか。

「お前がいらない命なら、俺が拾ってやろう」

鬼は言った。

「タダじゃ渡さない。俺にはみんなの欲しがるものが詰まってるんだから」

「ならば、お前の望みを叶えたら、私に全て寄越せ」

鬼の、冷たい指が俺の顎《あご》を取り、上向かせる。

「綺麗な顔だ。男にしては線も細い」

舌が、ぺろりと睫毛の先に凍った氷を舐《な》めとる。

その舌も、冷たかった。

「丁度《ちょうど》、そろそろ相手が欲しいと思っていたところだ。だが問題は起こさないと誓ったしな。お前が自ら望むなら、問題にはならない。お前、望みを叶えたら、私のものになるか？」

「……望みが叶ったら」

「お前の望みは何だ？」

俺の望み……。

「会社が……、上手くいって、みんなが不安を感じなくなること。親戚と縁を切って、静かに自分の家で暮らしたい。自分が、みんなの期待に応えられる人間になりたい。両親の死を悲しんで、思いっきり泣きたい」

「……多いな」

「そうだ……。多いんだ。多過ぎて……何一つ叶わない……」

眠い。

身体がだるい。

「だが何とかしてやろう。叶ったら私のものになるな？」

「……いいよ。叶ったら、鬼のものになる」

どうせ、何も叶わない。

でも、夢の中でなら、そんな約束もいいだろう。人ならぬものが、自分の望みを叶えてくれるかもしれないと夢見るのも悪くない。

ああ、でもまだ会社の保険に入っていなかった。

ここで死んでも価値がない。

死ぬなら、価値をつけてからでないと、みんなに迷惑がかかる。眠っちゃダメだ、目を開けて車に戻らないと。

夢なんか見ている暇はない。

ここには誰もいないのだから、自力で何とかしないと。起き上がって、足跡が消える前に車に戻らないと。

異世界なんてあるわけがない。

鬼なんて、いるわけがない。

でも……、楽になりたかった。

何も考えずに眠ってしまいたい。

深く、深く。

何も考えずに済むように、深く。

眠ってしまいたかった……。


目を開けると、白い漆喰《しっくい》の天井に焼き杉の太い梁《はり》が見えた。

自分の部屋ではない。俺の部屋はアイボリーの天井にグリーンの壁紙だが、目に入る範囲の壁は板張りだ。

ここは……？

俺はゆっくりと身体を起こしてみた。

眠っているのは大きなベッド。

部屋はロッジのような木を多用したがっしりとした造りで、置かれた家具も素朴な木目調のものだ。

ホテル……、だろうか？

でもどうしてホテルなんかに。

俺は自分の行動を思い返してみた。

家で、テレビを観て、全てを捨てて逃げ出したくなって、車に乗って……。

考えている間に、突然ドアが開いた。

入ってきたのは白い人。

だが、鬼なんかじゃない。白い髪ではあるけれど、白い髭《ひげ》に膨《ふく》よかな身体、赤いネルのシャツにサスペンダー付きのズボンは、まるで休日のサンタクロースのようだ。

「あ、起きてる」

サンタはそう言うと、すぐに戸口の外へ向かって声をかけた。

「目、覚めたよ。霙一《えいいち》、何か温かいもの持ってきて」

大きな身体を揺すりながら、近づき、近くにあった木の丸椅子《まるいす》を持って枕元に座る。

大きなお尻は椅子から殆《ほとん》どがはみ出ていた。

「おはよう。どっか痛いところある？」

言われて、顔の左半分がヒリヒリしていることに気づいた。

「顔が……」

言いながら頬《ほほ》に触れると、そこにはガーゼが当てられていた。

「ああ、顔はね、凍傷。そっち側を下にして雪の上に寝てたから」

「寝てた……」

そうだ、俺は行き止まりの雪原で、車を降りて雪に倒れたんだ。

「ここは……、どこなんです？　俺はどうしてここに。あなたは？」

「質問は一つずつね。まず私は安藤保《あんどうたもつ》といいます。ここは私の別荘。君は近くのお土産屋さんの駐車場に倒れてたのを拾ってきたの」

「お土産屋さんの……、駐車場？」

だから、何もない広い場所だったのか。

「でも建物も明かりもなくて……」

「大型バス専用の駐車場の方だからね。お店はあそこの下。それに今の季節は夕方の五時には閉めちゃうから」

そう……、なんだ。

「で、今度は私から質問。樋口くんはどうしてこんなとこに来たの？」

「どうして俺の名前を……！」

「お財布に免許証入ってたよ」

「財布？」

「着替えさせた時にね。それに、身許はわかった方がいいし」

老人は当然のように言った。

でも、財布の中には現金も、カードも入っていたのに。

「財布は？」

「そこにあるよ」

老人はテーブルの上を指した。

財布に時計、名刺入れなどがちゃんと並んでいる。

「服は濡れてぐちゃぐちゃだったから洗濯中」

自分の持ち物が揃っていることに安堵《あんど》したが、同時に恥《は》ずかしさが湧《わ》いてきた。

気が付けば、服も清潔なパジャマに着替えさせられている。頬の凍傷の手当てといい、雪の駐車場に倒れていた俺をここまで運んで世話をしてくれた人に対する態度ではなかった。

物欲優先の人々に毒されてしまったか。

「失礼しました。お世話していただいた方にお礼もせず」

ベッドの上に正座して、深く頭を下げる。

「ありがとうございました、安藤さん。俺は樋口美樹也と申します。ご迷惑をおかけして申し訳ございませんでした」

「いやいや、そんなにかしこまらなくても」

「あの……、おじい……、いえ、安藤さんが俺をここに……？」

「そう。よっこいしょって。……そんなわけないよね。君を運んで、着替えさせて、お風呂に入れたのは孫。手当てが私」

安藤老人は、随分とお茶目な人らしい。

「ではお孫さんにもお礼を……」

「今来るよ。ああ、ほら来た」

老人の言葉と共に、今度は若い男性が入ってくる。

大柄でがっしりとした身体つき。夢の中に出てきた鬼に似ていないこともないが、髪は肩までしかないし、色も黒い。

「霙一、目が覚めたよ」

鬼の顔ははっきりと見なかったが、入ってきた男性は線の太い、引き締まった男前だった。イケメンのアスリートのように。

第一、彼は老人の孫だ。

きっと会話は妄想で、雪に塗れた彼を鬼と見間違えたのだろう。

「もう死にたいとは言ってないのか？」

「こらこら、その話はまだだよ」

「早い方がいいだろう。ここで自殺騒ぎを起こされちゃ困る」

「霙一は情緒が足りないよね。そういうの、ＫＹって言うんだよ、空気読めない。あれ？　これもう古いのかな？」

安藤老人と親しく言葉を交わしながら、霙一と呼ばれた男性は、トレイに載《の》せたカップの一つを老人に、もう一つを俺に差し出した。

「ココアだ、飲め」

「え？　あ……、はい。ありがとうございます」

差し出されたカップは温かく、湯気が立ちのぼり、ココアのいい香りがした。

「彼は空木《うつぎ》霙一、私の孫」

「では、俺を運んでくださった……。ありがとうございました」

頭を下げると、彼は肩を竦《すく》めてテーブル近くの椅子に座り、自分のカップに口を付けた。

「今、霙一も言ったけど、君、自殺したかったの？」

問われて、返事に窮《きゅう》する。

「私達は君と縁もゆかりもない人間だから、思ってることを吐き出してみたら？　とはいえ、何となく事情はわかるけどね」

「何故です？」

「君、ずっとうなされて、色々言ってたから」

「何を」

「うーん……。全部嫌とか、両親の死を悲しみたいだけだとか。ここで死んだら保険金が入らないとか、死んでもいいとか」

「言ってることがムチャクチャだった」

老人の言葉を補足するように、霙一さんが言う。

「混乱してたんだよね？　ご両親、亡くなったの？」

「……はい」

「そう。それは可哀想に。大変だったねぇ」

何げない老人の言葉に、胸が詰まる。

赤の他人ですら、一番先に口にする言葉が、どうして周囲の人達から聞けなかったのか、と。

「まだ言いたくないなら、言わなくてもいいよ」

「事情を訊くんじゃなかったのか？」

「物事にはタイミングってものがあるんだよ。見知らぬ場所で目が覚めて、見たこともない人間に囲まれて、ベラベラ喋《しゃべ》りだすなんて、普通はできないものさ。ね、樋口くん」

「助けてくれた人には、全部説明するのが筋だと思うが？　どうして雪の中に倒れて死にそうになってたのか、死んでもいいと思ったのか」

「霙一」

叱《しか》られて、霙一さんはまた肩を竦めた。

「気にしないでね。霙一はぶっきらぼうな子だから」

「『子』って言うな」

「私の孫なんだから、『子』だろう」

「ジジイって呼ぶぞ」

「せめておじい様にしなさい」

「ジジイで十分だ」

二人の会話に、滲《にじ》みかけた涙も引っ込む。

仲のよい二人だ。

「霙一さんのおっしゃる通りです。俺には説明する義務があると思います」

「空木、だ。霙一と呼ぶのはジジイだけだ」

「空木さん」

名字が違う、ということは外孫か。

「空木さんのおっしゃる通りです」

俺はもう一度言い直した。

「それに、誰かに聞いてもらいたかったのかもしれません。俺が……、自分の感覚が普通なのか、夢を見過ぎているのか」

「夢を見過ぎてる？」

老人は興味ありげにガタガタと椅子を近づけてきた。

俺は心を落ち着けるために、渡されたココアで喉《のど》を湿らせた。

甘さと温かさが口の中に広がり、ほっとする。

見知らぬ場所、見知らぬ人。

雪の中で感じたように、ここはまるで別世界だ。

だが雪原と違い、ここは暖かい。

「去年の年末、両親は事故で亡くなりました。父は会社を経営していて、業績は思わしくなかったようです。俺はそれを知りませんでした」

その暖かさに甘えるように、俺はポツポツと全てを吐き出した。

両親が亡くなってから、会社が思わしくないことを知らされ、重役達は息子である自分に何とかして欲しいと言いだした。

悲しみを共有してくれるはずの親戚は金の亡者となり、自分達にも分け前をと言い始めた。

会社の同僚は、未来の社長と距離を置き、学生時代の友人達は社会人一年生として自分の生活が大切。

それでも、残ろうとしてくれた何人かを、会社の人間と叔父達は遠ざけた。

多分、会社の人間は社の窮状を外に漏らされたくなくて、叔父達はいらぬ知恵を俺につけさせないために。

葬儀の時には既に、何かを考えたり覚えていたりできる状態ではなかった。

更に、会社からは、社のために俺にも生命保険をかけてくれと言われた。亡くなった父だけでなく、自分の命も金銭に換算された気がした。

鳴り続けた親戚からの電話。

事務的な弁護士の対応と、相続に関する手続き。

孤独。

責任。

悲嘆。

混乱に包まれたまま、一人で過ごしている時にたまたまテレビで見た雪景色に惹《ひ》かれ、車に飛び乗った。

駐車場に入ったとは知らず、道の果てに突然現れた雪原に、異世界に迷い込んだ気がして、ふらふらと車の外へ出てしまった。

鬼の話はしなかった。

錯乱して雪の中を彷徨《さまよ》い歩いたことは口にできても、鬼と会話をしたなんて、頭がおかしいと思われてしまいそうだったから。

時々ココアを口にして、切れ切れに話す俺の言葉を、安藤老人は黙って聞いてくれた。質問や意見も挟まずに。

霙一…空木さんは、そんな俺達の様子を、こちらも黙って見つめていた。

沈黙が背中を押し、言葉は止まらず、全てをすっかり話し終えると、疲労すら感じた。

「……俺は、間違っているでしょうか？　会社を継ぐ者として、もっと冷徹に、事務的に考えるべきなんでしょうか？　会社を他の人に譲るとか、血の繋がった叔父達に財産を分け与えるほど、優しくなるべきなんでしょうか？」

「うーん……」

安藤老人は小さく唸《うな》った後、立ち上がった。

「霙一、椅子取り替えて。お尻が痛くなった」

命じられ、彼は自分が座っていた背もたれ付きの椅子と、老人の座っていた丸椅子を取り替えた。

その椅子に座り直すと、老人は今までの気のよい、どこかおどけた表情から一転、鋭い目付きに表情を変えた。

「さて、君の話の一つ一つに、私なりの答えをあげよう」

声の様子まで違う。

「会社の経営は会社の責任だ。その時に社長の椅子に座っていた者が責任を追うべきだろう。だが君は会社が危険であることを知らず、未だ社長ではない。君の会社に対する責任は、君が社長の椅子に座った時から始まる。その時に、どうやって会社を立ち直らせるかを考えればいいだろう。容易ではないだろうが」

さっきまでの気のいいおじいさんが、厳しい教師のような顔になっている。

「会社を経営するということは、大きな荷物を背負うことだ。利益も得るが、犠牲も払う。まずその覚悟は持った方がいい。その上で言うなら、個人と会社は別。会社が未だ社長ではない君に責任を求めるのは、その責を負える人物が社内にいないことを示している。個人の死を悼むのは個人の尊厳として守られるべきだから、それを阻害することは悪と断罪していい。親戚に関しては、強く突っぱねなさい。遺産は横には移動しない。つまり、君のお父さんの兄弟は受け取る権利がない。それに彼等の親、君の祖父母が亡くなった時に十分な分配はあったのだから、君から何かを奪う権利はなく、君には彼等に何かを与えなければならない義務はない」

きっぱりとした物言いに、唖然《あぜん》としながらも、つい聞き入ってしまう。

「弁護士さんもそう言ってました。でも……」

「でも、しつこく言われているとその気になってしまう」

「血の繋がった親戚ですし……」

「血が繋がっていれば何でもいいというわけじゃない。君のご両親と君とはよい関係だったようだが、世の中には、親子であっても憎しみ合う者はいる。問題の根本は、君の心の弱さだ」

「心の……、弱さ」

「会社の要求にしても、親戚の要求にしても、最初にそれをはねのけることができなかったから、相手は『与《くみ》し易《やす》し』と見て、自分の要求を突き付けてくるのだ。強く言えば何とかなりそう、ってね」

「はい……」

「君がやるべきは、強く突っぱねることだ。嫌なものは嫌、できないことはできない、と」

「はい」

呆然と老人を見ていると、彼はまたにこっと笑った。

「私もね、引退してここに来るまで会社の社長をやってたからよくわかる」

「安藤さんも？」

筋の通った強気の言動は、それが理由か。

「うん。君とは反対で、子供が亡くなった時、大きなプロジェクトの途中で、死に目に会えなかった。それを今も後悔してる。ただ、孫がいたから、まだ私は幸せだけどね。だから、君の悩みはよくわかるよ」

「ジジイはお前と違って、ブルドーザーみたいに強気だったけどな」

空木さんが茶々を入れる。

「君が悲しみを感じたいと思うことは間違いじゃない。仕事に関しては幾つか見直すべきことがあるとは思うけど、会社の人間が正しいというわけじゃない。倒産しそうだっていうわけじゃないのに、個人の財産を狙《ねら》うなんて、あり得ないね。業務改善して、会社を健全な状態にすることを望む方が優先だ。でなければ、いくらお金をつぎ込んでも、焼け石に水だよ」

「でも取引先から仕事を減らされてしまったので……」

「それなら、新しい仕事を取ってくればいい。そのために社員はお給料もらってるんだから」

「……はい」

「樋口くんの会社は何を扱ってるの？」

「印刷です」

「紙の印刷だけ？」

「いいえ、菓子のパッケージなど異素材のものも扱ってます」

いくら元社長とはいえ、出会ったばかりの人に相談しても仕方がないのに。俺は問われるまま答えを口にした。

「減益はどれくらいになったの？」

「パーセンテージはまだ計上されてません」

「それはおかしいね。経営状態が悪いと言ってくるなら、その資料を提示させるべきだよ。何がどう減って、そのせいでどれだけラインの空きが出たか、収益がどれだけ減ったか。君はまずそれを知らないと」

「はい」

「現状を把握しないと、対策も立てられない。教えてくれないのならば、君は彼等に応《こた》える必要はない。自分達が頭に頂く人間に対しての配慮が欠けている人間を相手にする必要はないが、君の立場ならばまずそれを口に出すべきだ」

「口に……出す？」

「『両親が亡くなって悲しんでいるのがわからないんですか』とね。もしかしたら、向こうも必死だったので気遣いを忘れていただけで、指摘されれば反省したかもしれない。指摘もせずに『こうなんだ』と決めつけるのはよくないことだ」

「はい。それから？」

身を乗り出すと、安藤老人は自分の膨らんだお腹をさすった。

「でも、今はまあ、ご飯でも食べようか？」

「え？」

「私、お腹空いちゃった。樋口くんも空いただろう」

「いえ、俺は……」

と言いかけた言葉を否定するように、腹が鳴る。

「身体は正直だね。君、連絡取らなきゃいけないところがあったら、電話しなさい。あ、携帯は繋がらないから、うちの電話貸してあげる」

「……いいえ、そんなところは」

キミさんが家に来ていたら心配しているだろうが、今は息子さんのところだし、息子さんの家の番号もわからない。

「そう。じゃ、今夜は何にも考えずにゆっくりしなさい。ご飯できたら呼ぶから」

「あの、でも……」

「外はまだ雪が降ってる。どこにも行けないぞ。メシ、作れるか？」

空木さんの言葉に、情けなく首を振る。

「……いいえ」

いい年をして、恥ずかしい。

けれど、彼はそれを咎《とが》めることはしなかった。

「じゃ、ここでじっとしてろ」

「閉じ込めてるわけじゃないから、退屈だったら出てきてもいいからね」

「あ、はい」

二人は揃って部屋を出ていき、俺は一人、部屋に残された。

一人きりになると、安堵したのかどっと疲れが襲ってくる。疲れることなど、何もしていないのに。

ベッドから下り、テーブルの上に置かれた携帯電話を手にしてみる。

充電は切れかかっていて、アンテナは圏外だった。電池を温存するために電源を切り、財布を手にする。

元々いくら入れていたのか覚えていないが、多分金銭に手は付けられていないだろう。カードや名刺の類いも、失くなったものはない。

今度は窓辺に近づき、外を見た。

時計も外しているから、何時だかわからないが、外は暗かった。だが夜の闇ではない、濃い灰色の空は、日中であることを示している。

暗いのは雪雲のせいだ。

風は強く吹いていて、雪も降り続いている。

もしも、ここの人達に見つけてもらえなかったら、今もその駐車場だという雪の中に横たわっていたら、確実に凍死していただろう。

考えるだけでゾッとした。

死にたいわけではないのだ。

あの時、自暴自棄で、混乱していただけで。

窓から離れ、部屋を観察する。

ホテルの客室のように整った部屋という第一印象は間違いではなかった。

ベッド、テーブル、クローゼットは全てセットらしく、同じ模様のタイルが貼られた、カントリー調。

敷かれた絨毯《じゅうたん》は無地だが、上質なものだ。

この家自体も、外の暴風の音が聞こえないくらいしっかりとした造りだ。

安藤老人は、元社長だと言っていた。金持ちの引退老人が、人里離れた場所で孫と二人、悠々自適に暮らしているといったところか。

他人を金で換算するのは嫌だと思っているのに、結局老人が裕福であることを確認し、だから彼は安全だと判断している。

金が欲しいとは思わないが、金で人を判断するところは、あの人達と一緒だ。

再びベッドに戻り、腰を下ろす。

袖口《そでぐち》の長い、大きなパジャマは空木さんのものだろう。

手の半分が隠れる長い袖を見ると、自分が子供に戻ったようだ。

子供でいられたらよかったのに。

成人式を迎えた時には、自分が大人になった気でいたけれど、あれは間違いだった。

人が、『大人』になるのは、保護者を失った時だ。逃げ込む先が失くなって初めて、無理やり『大人』にさせられるのだ。

大抵は距離で、俺の場合は死で。

独り、なのだ。

誰にも何も知らせずに遠くへ来ても、連絡を入れる先もない。帰りたいと願っても、待っていてくれる人もいない。

どうしようもないほど、孤独だ。

でもこれからは、この孤独に慣れてゆくしかないのだ。

誰も、自分に手を差し伸べてくれる人などいない、と思わなければ。

期待すればするだけ、失望も大きいと、もう知ってしまったから。

けれど、安藤老人の言葉は胸に残った。

自分が、はっきりとものを言わないから、この結果を呼んだのだという言葉。

扱いやすいと思われて、全てを教えられないままに要求だけ突き付けられている。

「戻ったら、もっとしっかりしなくちゃ……」

できるかどうかわからない。

でも生きてゆくのなら、努力はしなくては。どんな結果になろうと。


しばらくすると、空木さんが服を持って、再び姿を見せた。

「メシ食うなら、パジャマじゃない方がいいだろう。俺のだがこっちに着替えろ」

そう言われて渡されたセーターは、パジャマと同じく俺には大きかった。袖は二折りしなければならないほど。

ぶかぶかのセーターのまま部屋から出ると、この家自体がとても大きなものだと知った。

バンガロー風と言えばいいのだろうか、あちこちに大きな丸太を多用し、廊下も幅が広い。

天井は近く、どこも板張りだ。

俺が寝ていたのは二階で、廊下の先には階段があり、下りてゆくと広いリビングに出る。

三十畳ほどのスペースは吹き抜けで、大きなゆったりとしたソファ、西洋風の囲炉裏、部屋の隅には火が入った暖炉《だんろ》。

まるで北欧の家にでも来たかのようだ。

安藤老人も料理をしていたのか、先ほどの格好に赤いエプロンをつけていて、よりサンタクロースに似ていた。

だがこの広いスペースはあくまでリビングで、食事をするのはその部屋を抜けた先にある。ダイニングだった。

ここも、北欧風の木を生かした調度で囲まれた広い部屋だったが、テーブルの上に用意されていたのは、豚汁と焼き魚という和食だった。

「樋口くんは、好き嫌いある?」

「いいえ、ありません」

老人の問いに答えると、背後から空木さんの「その割には細いな」という呟《つぶや》きが聞こえた。

外は吹雪。

北欧風のダイニングで、和食。同席は体格のいいイケメンとサンタクロース。

なんて非日常的な光景。

「信田《しのだ》の奥さんがくれたお漬物、もうなくなっちゃった？」

「塩分が強いから、一日一回しか出すなって、均《ひとし》に言われてる」

「また均と連絡取ってたの？」

「当然だ」

けれど会話は酷く日常的だ。

「新しいヒーター買ったから、送ると言ってたぞ。今年は寒さが厳しいから」

「ヒーターより、靴下のいいのが欲しいなぁ」

「言っておく」

料理はどちらが作ったのかわからないが、美味《おい》しかった。

空腹だったせいもあるのかもしれないが、温かくて、身体に染みた。

と、同時に何故か涙が湧いてきた。

自分は、この温かさを失ったのだという思いと、この温かさが欲しかったのだという思いが、胸を詰まらせた。

二人は俺が泣いていることには触れず、空木さんが黙ってポイッとティッシュの箱を投げてくれた。

鼻をぐずぐずさせながら黙々と食事を終えると、さっきのリビングに場所を変えてコーヒーが提供された。

ふかふかのソファに身を沈め、燃え上がる暖炉の炎に目を移す。

一時もじっとせずに踊る炎。

目を奪われるようにそれを見つめていると、老人が声をかけてきた。

「さて、お腹がいっぱいになって気持ちも落ち着いただろう。これからのことを話し合おうか」

「……これから、ですか？」

「うん。いつまでもこの家にはいられないだろう？」

「当然です。そんなにお世話になるわけには……」

「いや、いるのはいいんだけどね。君にはご両親の遺《のこ》した財産や会社を何とかしなくちゃならないという使命がある」

「はい」

老人はコーヒーのカップを持って俺の隣へ移ってきた。

空木さんは少し離れた場所でペットボトルの水を手にしていた。

「そこでだ、霙一が君を拾ったのも何かの縁だろう。私が君に協力しよう」

「安藤さんが？」

「こんなジジイに何ができるかと思ってるかね？」

「いいえ、とんでもない。でも、知り合ったばかりで……」

「気にするな。そいつはお節介なんだ」

離れていた空木さんが言葉を挟んだ。

「ついでに言うなら、そんな太鼓腹でも、肩書きがある」

「肩書き……？」

空木さんの言葉を受けて、老人は頷《うなず》いた。

「そう。私には立派な肩書きがある。君、安藤グループって知ってる？」

「安藤グループ……？」

「居酒屋の『かまどのそば』とか知らない？」

これでもサラリーマンの端くれなので、その名前を聞いてすぐにわかった。

戦後、海運貿易で大きくなった商社を中心とした企業グループだ。

機を読むことに長《た》けていて、海運が行き詰まると察すると国有地を払い下げてもらい、貸しビル業を始め、それが安定すると飲食業界に打って出た。居酒屋チェーンの『かまどのそば』は大衆向けだが、他にもフレンチやイタリアンのレストランを手掛けている、一大グループ企業だ。

安藤グループ……、安藤老人。

「まさか……」

「うん。私、そこの会長。ま、もう跡は孫に譲って隠居の身だけど」

「会長？」

まさか。

そんな大企業のトップがこんな雪深いところに独り……、いや、孫と二人きりで暮らしているなんて。

「驚いた？」

「あの……、本当に？」

「うん」

老人はにこにこと頷いた。

「誇大妄想のじいさんじゃないぜ。本物だ」

「え？　え？　え？　でも……」

うろたえる俺を見て、空木さんは立ち上がると、暖炉の上に飾ってあった写真立てを持ってきて俺に見せてくれた。

写真の中には大きくて立派なビルの前に立つ、今よりもう少し若い、立派なスーツを着た安藤老人と部下らしい男性達、それに数人の外国人が写っていた。

「それ、本社ビルの落成式の時のだよ」

確かに、ビルの入り口には『ＡＮＤＯ』と大きく彫られたプレートが見える。

「がむしゃらに働いてねぇ。孫が跡を継いでくれるっていうから、もういいかって思って辞めちゃった。元々、いつか霙一と田舎でゆっくり暮らしたいと思ってたし」

……夢物語だ。

雪山（実際は駐車場だが）で行き倒れてたら、サンタに拾われ、その人が大企業の会長だったなんて。

「信じてくれた？」

「あ、はい」

答えると、老人は口をへの字に曲げた。

「すぐに信じちゃダメだよ。そんなの、合成でいくらでも作れるんだから。君は本当に押しに弱いタイプみたいだねぇ」

「嘘なんですか？」

「本当だよ。でももっとちゃんと確認しないとね」

「人を……、あまり疑いたくないんです。それに、あなたが安藤グループの会長でも、ただの老人でも、俺の命の恩人であることに変わりはないですし」

「会長だったら、仕事の話ができるとか思わないの？」

「情けないことに、安藤グループほど大きいところと自分ではどんな仕事ができるのかわからないんです。さっき言った通り、安藤さんには命を救っていただきました。その上何かを望むのは失礼なことです」

「行儀がいいな」

褒められたのか、呆《あき》れられたのか。笑顔のない老人の言葉の意味は読めない。

「悪くない」

だが、空木さんの一言は悪い意味ではないだろう。

「会社のトップに立つなら、もう少ししたたかでないと」

老人が俺から空木さんに視線を移した。

「貪欲じゃない人間は好きだ。悲しんでる人間もな」

そしてそのまま二人だけの会話が始まる。

「お前はそういうやつだものね」

「そうさ。変わらない」

「でも失敗すれば全てを失う。それはいいことではないだろう？　悲しいのは綺麗だが、惨《みじ》めなのは楽しくない」

「まあな」

「だったら、何とかしないと」

「何をする？」

「そりゃ会社を立て直す、さ。それから、嫌な親戚を遠ざける」

「対価は?」

「それは私の知ったことじゃないよ。直接交渉だね。本人の意思もあるし」

「じゃ本人に訊いてみないと」

「霙一は霙一、私は私。私は私のやりたいことをやるよ?」

「別にいいんじゃないか?」

「協力してくれる?」

「範囲内なら」

意味のわからない会話をした後、老人がまた俺を見た。

「樋口くん。君、会社を立て直して嫌な親戚を遠ざけたい?」

「え?」

「それとも、会社は他人に譲って、ご両親の遺産は親戚に分ける?」

「そんなことは……?」

「したくない?」

安藤老人の目は、真剣だった。

会社を重役に譲り、叔父さん達に家の中の望むものを、お金を分けてあげる……。

「したく……、ないです。何とか頑張ってみたいです」

老人が真剣だから、俺も真剣に答えた。

「自分に何ができるかわかりませんが、両親の遺したものを守りたいと思います」

「ん、じゃあ霙一を貸してあげる」

「おい！」

話が付いてるわけではなかったのか、空木さんが驚きの声を上げた。

「いいじゃない。どうせ家でゴロゴロしてて暇でしょ？　私の方は均に頼んで誰か世話焼いてくれる人を寄越してもらうから」

「俺に何をしろって言うんだよ」

「私の側にいて、大体のことはわかってるでしょ？　上手くやってよ。力技じゃなくて、普通でいいから」

「……仕方ねえな。いいだろう。ジジイの頼みとしてできる限り程度のことならな」

空木さんは諦めたように肩を竦めた。

「あの……」

二人の会話に割って入ると、再び二人がこちらを見る。

「空木さんを貸すって……」

「言葉通りだよ。君、どうも人を信じやすくて押しに弱いみたいだから、霙一を盾に使うといい。こんな怖い顔に睨《にら》まれたら、うるさい社員も親戚も逃げ出すでしょ？」

「でも、本当に出会ったばかりの方達にそんなにお世話になるわけには……」

「いいの。私がしたいだけだから。それに、お金出すわけじゃないし」

「でも、こちらで静かに暮らしてらっしゃるのに……」

「霙一が飽きちゃったら帰ってくるでしょう。それまでのことだよ。人の不幸に付け込む人間は私も嫌い。会社を私物化しようとしたり、責任を他人に任せようとする人も」

「自分が同じ目に遭ったからな」

そういえば、お子さんが亡くなったと言っていたっけ。

もしかしたら、その時に、老人も同じ目に遭ったのだろうか？

「雪が止んだら、とにかく一緒に東京へ行ってやる。話は一度その社員と親戚に会ってからだ」

「霙一、スーツ持ってたよね？」

「古いのがある」

「あれはもうダメでしょう。いいよ、均に用意させとくから、行き掛けに家に寄って持っていきなよ」

「……スーツは嫌いなんだけどな」

「肩書きを付けるなら、身なりから整えないと」

「後で電話入れとく。ジジイの世話人も頼まないとな」

自分では何も答えを出せないうちに、二人がどんどん話を進めてしまう。

本当に、空木さんが俺と一緒に東京へ？

あの家に独りで帰ることを思うと、気が重くなるのは確かだけれど、でも空木さんが来たからといって何が変わるというのか。

ただ、あの場所に戻ることを考えると、一人ではないというのはありがたい。

一人では、家は広過ぎるし、人に会うのも辛いと思っていたから。

「じゃ、せっかく三人でいるんだし、トランプでもしよう。三人でいるなら、三人いなきゃできないことをしないと。霙一、トランプ持ってきて」

「……はい、はい」

もう俺の話は終わったのか、二人はもうそのことには触れなかった。

コーヒーを飲みながら、空木さんが持ってきたトランプでババ抜きをして、今年は何の野菜を作ろうかということを熱心に議論し始めた。

本当に、この老人が安藤グループの会長なんだろうか？

いや、それが真実でも嘘でも、老人が金銭的に裕福な人であることは、この家を見れば疑いようがない。

空木さんは本当に俺と一緒に東京へ行ってくれるのだろうか？

俺はこのまま彼等の好意に甘えていていいのだろうか？

戻ったら、自分は何をするべきなのだろうか？

雪はいつ止《や》むのだろう。

頭の中は色々な考えでぐちゃぐちゃになっていたが、今は何もできないから、ただ黙って彼等のペースに合わせていた。

外で荒れ狂う雪が止んだら、また考えればいい。

どんな形でも、これが両親の事故から、初めて得たゆったりとした時間だから。

東京に戻ったら、もうこんな時間は得られないかもしれないから。


雪は、二日後に止んだ。

だが、空木さんの代わりに安藤老人の世話を焼く人が到着するのを待って、俺がこの家を出たのは三日後の朝だった。

世話係の人は中年の女性で、老人とは顔見知りらしく、再会を懐かしんでいた。

その二人を置いて、俺と空木さんは家を出た。

眩しいほどの陽光の下、初めて見る外観は、内装と同じく北欧風の、シンプルだけれど洒落《しゃれ》た建物だった。

空木さんが雪かきをした細い道を下りてゆくと、何もない雪原に、これもまた空木さんが雪をどけてくれたのだろう、俺の車だけがポツンと色を落としている。

意外なことに、空木さんは運転免許を持っていないというので、俺の車に二人で乗って、東京へ向かった。

「安藤の家に寄ることになってるんで、この住所に行ってくれ」

走りだしてすぐに渡されたメモには、東京の住所と、簡易な地図が描かれていた。

「わかるか？」

「あ、はい。カーナビがありますから」

「便利な世の中だな。到着するまで長いだろうから、取り敢えずお前の家庭環境と会社のことを説明しろ」

「はい」

長い東京までの道程、彼と何を話したものかと思っていたが車中の会話はずっと説明ばかりだった。

会社のことは、重役達の名前や役割、業務内容を。彼のことを完全に信用したわけではないので、表に出ているだけだが。

もっとも、まだ正式に跡を継いだわけではないので、細かいことがわからない、というのが真実だ。

「お前んとこは世襲制なのか？　副社長とか、専務とか、社長になりたがってる人間はいないのか？」

「いるかもしれませんが、俺は知りません。会社は世襲制というわけではないのですが、一番の株主が父でしたので、その株を相続すれば俺が一番の株主になります。だから、俺が継がなければ、俺が指名した人になるでしょう」

「どっちにしろ、樋口は外せないカードってわけだ」

家族のことは話すべきかどうか少し迷ったが、知られたからといって不利益を招くようなことはないだろうと思い、正直に説明した。

会社を興したのは祖父、それを引き継いだのが父。

祖父が亡くなった時、祖父の兄弟とその子供達から財産分与の訴えがあったが、法的根拠がないと却下され、それが理由で付き合いは疎遠になった。

今は殆ど顔も合わせない。

叔父達とは金銭での分与で決着がついていたはずだが、今回突然、あれでは足りないと言いだしてきた。

「絵に描いたようなお家騒動だな。会社は寄越せと言われなかったのか？」

「叔父さん達に経営は無理です。父の下に入りたくないからと、株を分けてもらったりして別の企業に勤めましたから。会社のことは俺以上に何も知らないはずです」

「だが現場を知らないなら、会社の状況を知ったら、持ってる株券を高く買えと言ってくるだろうな」

「そうでしょうか?」

「大金持ちは金にセコくはないが、小金持ちは金に汚い。特に、目の前に手に入るかもしれない金を見てしまうと、欲が膨らむ。人間なんてのはそんなもんだ」

この人も安藤グループの一員として、色々なものを見てきたのだろう。

だから、お祖父さんと一緒に隠遁《いんとん》していたのかも。

「お前に味方は一人もいないのか?」

「味方?」

「支えになってくれたり、慰めになってくれたりする人間だ」

「家政婦のキミさんはとてもよくしてくれます。友人もいますが、皆俺と一緒で、会社に入ったばかりですから、仕事に支障が出るようなことはさせたくないんです」

「何故?」

「俺は社長の息子として就職でも優遇された状態でしたが、友人達は大変な就職戦線を経て、やっと就職したんです。彼等には遠い話題で、生活に支障を来《きた》すようなことは……」

「来るな、と言ったのか?」

「いいえ、特には。でも年末年始ですから、彼等にも予定があるでしょう」

「それを押してまで来るヤツはいない、か。まあそうだな。何でも共有してくれる友人なんて、幻みたいなもんだ」

「友人はよくしてくれてます」

友人をバカにされたと思って反論すると、彼は助手席で肩を竦めた。

その後は、スマホを取り出し、何かを調べているようだった。

途中、サービスエリアで食事を摂り、都内へ。

カーナビに入れた地図の住所へ到着すると、大きなコンクリの壁に囲まれたモダンな建物が見えてきた。

「壁沿いに行ってくれ。鉄の門扉があるから」

言われた通りに壁沿いに進むと、巨大な鉄の門が現れた。

「ここで待ってろ」

門の横に車を停めると、空木さんは車を降りて『安藤』の表札の横にあるインターフォンのボタンを押した。

「空木だ」

と名乗る彼の声に、インターフォンから返事があったが、それまでは聞こえなかった。

門はすぐに自動で開き、彼はその中に消えた。

本当に、彼は安藤の一族だったのだ。

つまり、あの老人は本当に安藤グループの会長……。

住宅街の、現実的な風景の中でそれを考えても、不思議なことだ。

やっぱり。これは夢なんじゃないだろうか？

雪の中で倒れて、都合のいい夢を見ているのでは？

ベタだが、思わず頬をつねって、痛みを確かめてみた。もちろん、目が覚めるようなことはなかったが。

空木さんは二十分ほどすると大きな荷物を持って戻ってきた。

「後部座席を開けてくれ」

カギを開けると、扉を開けて大きなスーツケースを二つ、ボンボンと投げ入れ、自分は助手席に滑り込む。

「いいぞ。やってくれ」

「荷物、固定しなくてもいいんですか？」

「そんな乱暴な運転はしないだろう」

「それはまあ……」

「ほら、早くしろ」

「……はい」

エンジンをかけ、今度は自分の家へ向かう。

走り慣れた道。

見慣れた風景。

自宅が近くなると、胸が苦しくなってくる。

誰も、待っていない家だと思ってしまうから。

けれど、家の前まで来ると、そこには白いバンと黒い車が並んで停まっていた。

「家の前……？」

白いバンの横には、『カギの救急隊』と書かれている。

それを視認した途端、横から手が伸びてクラクションを鳴らした。

「空木さん」

驚いて咎めると、彼はエンジンが停車するのも待たず、車から降りてしまった。

慌《あわ》てて俺も壁際に車を寄せて停め、彼の後を追う。

「家人の留守に何をやってる！」

「き……、君は誰だ？」

「カギ屋！　それを開ければ犯罪だぞ」

玄関先には叔父と、ツナギを着た男性がいた。

「勝叔父さん……？」

俺の声に振り向いた叔父の顔を見て、全てがわかった。

「美樹也。何だ、出掛けてたのか」

見つかった、そんな顔だったから。

「毎日来てたんだが、応答がないから、何かあったんじゃないかと思って心配だったんだよ」

「駐車場から車がなくなってりゃ、外出中だってわかっただろう」

空木さんの指摘に、叔父さんの顔が引きつる。

「……ご心配いただいて、ありがとうございます。友人と旅行していただけですので、今日のところはお引き取りください」

「うむ、ああ。そうだな」

「カギ屋の金、ちゃんと払ってやれよ。犯罪の片棒担がせようとしたんだから」

「な……、何が犯罪だ！」

「住人不在を知っててカギを開けさせようとしたんだ。犯罪だろう。ここで警察に通報しないだけでもありがたく思え」

「私は美樹也の叔父だぞ！」

「同居の親族じゃない限り、法律じゃ不法侵入と言われるんだぜ。カギ屋、この男からの依頼はもう受けるなよ。それと、迷惑料と口止め料もたっぷり上乗せして代金を取れ」

空木さんは地面に置いてあったカギ屋のカバンを叔父さんに押し付けた。

「帰れ」

「き……君は！」

「叔父さん。今日のところは帰ってください。俺も旅行帰りで疲れてますので。もちろん、叔父

さんが心配して来てくれたのはわかってますから」

「……うむ。美樹也がそう言うなら仕方がない。その無礼な友人には口の利き方を教えてやれ」

「すみませんでした」

俺が深く頭を下げると、ここが引き際と思ったのか、叔父はブツブツと文句を言いながらもその場から離れた。

「三下《みくだ》り半《はん》を突き付けるなら今だぜ？　泥棒の真似までして、恥ずかしくないのかって」

「……いいんです。騒ぎにしたくないので」

「嫌なことを避けるのは、優しさじゃないぞ」

彼の言葉が胸に刺さる。

「傷つきたくないのはわかるが、それじゃ何の解決にもならねぇぞ」

「そういうわけでは……」

「荷物を持ってくるから、カギを開けておけ」

「……はい」

嫌なことから逃げてる……。

そんなつもりはなかったが、そうなのかもしれない。

誰も傷つけず、自分も傷つかずに過ごしたい。自分が傷つけられたから、同じ思いを他人には味わわせたくない。

それは逃げてる、ということなのだろうか？

玄関のドアを開けると、空木さんは車から下ろしたトランクを両手に提《さ》げて戻ってきた。

「入ってすぐ左手がリビングです。そこで待っていてください。車を入れてきますから」

「ああ」

自分だけ車に戻り、車庫に車を入れてから家に入る。

安藤さんの家と比べれば小さいが、和風モダンの家は一般の住宅よりはずっと大きい。ここに、これから自分は一人で住むのかと思うと、ため息が出た。

屋内に入ると、空木さんはリビングのソファに座っていた。

「コーヒーでも飲みますか？」

「後でいい」

「じゃ、部屋へご案内します」

「いいから、座れ。まずはお前の心づもりを聞きたい」

「心づもり？」

「会社と親戚をどうするのかってことだ。さっきのコソ泥と、まだ親戚関係を続けていくつもりなのか？　それとも、縁を切るのか？」

「そんな、まだ……」

「さっさと決めろ。さっきの『叔父さん』を見ただろう。相手には待つ気がないんだ。正月の挨拶とでも理由をつけて覗きに来て、お前がいないとわかったらカギを開けて中に入り、勝手にものを持ち出そうって魂胆《こんたん》だったんだろう。後でお前が気づいて文句を言ったら、あれは元々自分が譲り受ける約束だったとか言い訳するつもりだった」

　多分、その通りだ。

「認めたくなくとも、お前の叔父はそういう人間だ。いや、そういう部分を持った人間だ。欲が深い人間にいいところが一つもないわけじゃないし、逆にいい人物に悪いところが一つもないわけじゃない。いいところと悪いところを知って、どちらをその人物の評価にするかは、自分が決めることだ」

　彼は落ち着いた声で続けた。

「その上で考えろ。二度と会わなくてもいいから縁を切るか、親戚として上手く付き合うために金を払ってもいいと思うか」

「急に言われても……」

「急じゃねぇだろう。両親が亡くなってからすぐに考えるべきことだ。葬儀から何日経ってるんだ？」

　両親が事故に遭って、通夜と葬儀があって、年を越し、弁護士との話し合いから安藤老人の家で過ごして……。

　指を折って数えてみると、もう十日も過ぎている。

それでハッと思い出した。

「会社！」

思わず立ち上がった俺に、空木さんがビクッと身体を引いた。

「何だ？」

だがそんなことよりもっと大切なことを思い出してしまった。

「今日から営業日でした。会社に行かないと」

「携帯、鳴らなかっただろう」

「電池が切れてるんです。充電器を持っていかなかったから」

連絡などする相手はいないと思っていたが、事務的な連絡のことまでは考えていなかった。

葬儀から年末年始の休みに入ったので、仕事のことを考えなくてもよかったから。

「言えば充電ぐらいさせてやったのに」

「ああ、どうしよう……。叔父さんも、本当に心配して来てくれたのかも」

「それはねぇな。もしそうなら、警官を連れてくるはずだ」

部長から連絡が入っていたのだろうか？

時田さんからも電話が入っているはずだ。

俺は立ち上がったまま、うろうろとその場を歩き回った。

「とにかく、落ち着け。まず会社に電話して、大きな契約の仕事が取れるかもしれないから、今日は交渉で出社できないと告げるんだ」

「でも嘘をつくわけには……」

「嘘じゃない。お前は俺とこれから仕事の交渉をする」

「あなたと？」

立ち止まり、空木さんを見る。

「そうだ。だから嘘にはならない。もちろん、それがちゃんとまとまるかどうかの保証はないが、仕事というものはそういうものだろう？」

「え……、ええ」

「待ってるから、電話してこい。待ってる間にコーヒーは俺が淹《い》れてこよう」

空木さんも立ち上がり、キッチンはどっちだという目を向ける。

「あの奥です。でも……」

「『でも』はいいから、早く行け」

「あ、はい」

強く言われ、俺は電話に向かった。

状況をよく理解はしていなかったが、彼の言う通り早く連絡だけはしないと。

電話のところに行くと、留守電のランプがチカチカと光っており、思った通り同僚からのメッセージが入っていた。

ただし、その伝言は敬語だった。『本日、出社されるかどうか、お手すきの時にご連絡ください』と。

会社での今の自分の立ち位置が変わったのだと改めて実感した。

部長に電話を入れた時もそうだ。

別件の仕事で動いているので、本日は出社できなくなりましたと言った時も、その対応は上司に対する態度だった。

続いて時田さんに電話をしたが、別件の仕事でと言うと、怪訝《けげん》そうな声をされた。

『あまり勝手なことはなさらなくていいんですよ』

言葉は丁寧だけれど、迷惑だという響き。

何もできやしないのだから、と言われた気分になった。

腫《は》れ物のように扱われたり、無能のように扱われたり。

電話を切った後には気分が重くなった。

ほうっと、ため息をついてリビングに戻ると空木さんはもうコーヒーを淹れて待っていた。

「コーヒーの場所、わかりましたか？」

「家の中のものっていうのは、大体どこでも同じようなもんだ。会社に電話したか？」

ソファに座り、彼の淹れてくれたコーヒーのカップに口を付ける。

カップが紅茶のものなのは、言わないでおいた。

「はい。勝手なことはしなくていいと言われました」

「おかしなヤツだな。跡継ぎなんだから、会社に金を出せとは言うのに、会社のために動くことは止めるのか」

「俺が……、頼りないからでしょう。会社のためになるようなことなどできないと思われてるんです」

「実際、自分にはできないと思ってるのか？」

「やってみたことがないので、わかりません」

「頼りないな」

「できないことをできるとは言えないんです」

「……まあそれもいいか。それで話を戻すが、叔父さん達との付き合いはどうするんだ？」

彼は電話をかける前の話題に戻した。

「正直に言えば……、ケンカにはなりたくないです。でも……、もう親しく付き合ってゆくことはできないと思います」

「曖昧《あいまい》だな。だが考えはわかった。会社の方は？」

「俺にできることなんか……」

「お前にできることを訊いてるんじゃない。どうなって欲しいかを訊いてるんだ。できるできないはまた別の話だ」

そういうことなら。

「立て直したいです。潰したくないですし、誰のクビも切りたくない」

「社長になりたいか？」

「社長には固執しません。誰が社長になってもいいと思っています。もちろん、会社のことをちゃんと考えてくれる人なら、という意味ですが」

「地位に固執しないのか？　それなら、何故会社を売っぱらわない」

「父の遺したものですから、簡単に売ったりはできません。社長を他の人に譲るのだって、本当は嫌です。でも、会社を残すためにそうしなければならないなら、仕方がないというだけです」

「仕方がない、か。何かを諦める時にはいい言葉だな」

その言い方にムッとして彼を睨んだが、空木さんの視線とは合わなかった。

彼はスマホを取り出して、そこに目を落としていた。

「基本の考えはわかった。取り敢えず、会社の書類を全部持ってこい。今までどんな仕事をしてきたか、原材料費や販売価格の推移、社内の業務の細かい説明をしてくれ」

「お部屋に案内を……」

「そんなのは後でいい。いや、そうだな。部屋で待つから今言った資料を持ってこい。夕飯は俺が作ってやる。好き嫌いはないな？」

「電話をすれば、家政婦のキミさんが来てくれると思います。八日からは毎日通ってくれます」

「八日？　随分長い休みだな」

「葬儀の時、泊まり込みで働いてくれたので、正月の休みは長めにしてあげたんです。それに、叔父達に色々と意見してくれたので、また厭味《いやみ》を言われるのも可哀想だと思って」

「へえ、いい女だな」

「もう六十を過ぎてますけどね」

「幾つになっても、いい女はいい女さ。正しいことを口に出せるのは立派なことだ」

俺は一度も褒《ほ》めてもらっていなかったのに、キミさんが褒められると少し複雑だった。

……これからは、何かいいことをしても、報告する先も、褒めたり怒ったりしてくれる人はいないのだな、とまた両親の死を思い出す。

「そんないい女なら、ゆっくり休ませてやれ。キミさんとやらが来るまでは、俺がメシは作る。じゃ部屋に案内してもらおうか」

「はい」

何もかも、空木さんのペースだ。

彼の言葉が正し過ぎて反論すらできない。

俺は、彼を一階の客間に案内した。

階段から廊下を右に進んだ部屋だ。

シングルのベッドと小さなテーブルがあるだけの部屋だが、彼は何も言わなかった。

持ってきたスーツケースを床に置き、ベッドの硬さを確かめただけだ。

「俺の部屋は二階です。階段を上がってすぐ左手の部屋ですから、何かあったら呼んでください。バスルームも案内します」

「ああ、いい。それは適当に探す。一階は勝手に歩き回っていいな？」

「ええ、まあ」

本当はあまり許可したくないが、この人が盗みを働くとも思えないからいいだろう。

「お前は何より資料を揃えることを優先させろ。明後日には、会社の人間にも、親戚にも、はっきりとした答えを出すからな」

「そんなに早く？」

「さっさとやった方がいいだろう」

驚きの声を上げると、彼は当然だという顔で見返した。

「それはそうですけど」

そんなに簡単に答えなど出せるものではないのに。

「どうせ冷蔵庫の中は空っぽだろう。俺は買い物に行ってくる」

「店の場所は……」

「歩けばわかる」

「じゃあお金を……」

「いいから、資料を集めておけ」

「……はい」

追い出されるようにして部屋を出ると、ドアを閉めてからほうっとため息をついた。

本当に、彼をこの家に入れてよかったのだろうか？

同じ屋根の下に誰かがいる、という安堵感は欲しかったけれど、見ず知らずの人間なのに。

けれど、今更出ていけとも言えないのだから、考えても仕方がないことだ。

「諦めるためのいい言葉、か……」

彼の言う通りだと思いながら、俺は苦笑した。

仕方がないのだ。

もうこの家には、判断を仰ぐ相手もいないのだから……。


父さんの書斎から必要な資料を集め、パソコンのデータをプリントアウトし、再び空木さんの部屋を訪れると、彼はもういなかった。

靴がないから、買い物へ出たのだろう。

さっきまでいた人がいなくなると、それが赤の他人でも寂しさが募る。

やっぱり、来てもらってよかったのかも。

彼のいない間に安藤グループのことをネットで少し調べてみると、現在の総帥《そうすい》は安藤均という男性だった。

老人と空木さんの会話に出てきた『均』というのが、この人のことだろう。

年齢はまだ三十代と若く、両親は俺と同じく事故で亡くなっていた。あちらはアメリカでの飛行機事故だったが。

老人は、子供を亡くしたと言っていたのを思い出す。息子さんだったんだな。

空木さんや、他の親族のことはわからなかったが、老人の写真は見つけることができた。

安藤会長として載せられたスーツ姿の写真は、雰囲気こそ違うが、あのサンタクロースの老人だった。

安藤グループは自分が知っているよりも巨大で、アメリカやシンガポール、タイと海外にも事業を展開していて、うちの会社とは規模が違う。

出会ったばかりの俺なんかに親切にしてくれるなんて……、と何度も訝《いぶか》しんでいたが、老人が本当に安藤グループの会長ならば色々納得できる。

それができるだけの財力があるから、孫と似た境遇の俺に同情してくれて協力を申し出てくれたのだ、と。

空木さんは、夕飯を作り始めると俺を呼び、「作り方を教えるから一緒にやれ」と命じた。

「家政婦がいるのかもしれないが、その人が病気にでもなったらどうする？　最低限の料理ぐらい、作れるようになっておけ。その齢で『男子厨房《ちゅうぼう》に入らず』じゃねぇだろ」と言って。

ジャガイモの皮を剝《む》いたり、キュウリをスライスしたり、手伝わされたのは簡単なことばかりだったが、それすら満足にできない自分を恥じた。

「……包丁の握り方から教えなきゃならねぇのか」

今まで母やキミさんが作ってくれるから、自分がキッチンに立つ必要などなかった。だから、自分が料理ができる必要性を感じなかった。

でもこれからはそうではいけないのだ。

「教えてください。覚えます」

空木さんだって、いつまでもいてくれるわけではない。

安藤老人の好意で来てくれてるだけなのだ。

これからは、『一人になった時』のことをちゃんと考えていかないと。

夕飯は、カレーライスとサラダだった。

食事の時に、仕事の話の続きをするのかと思ったが、彼はそのことには触れなかった。

「お前は、洗濯はできるのか？」

その代わり、生活態度について、色々尋ねられた。

「したことはないですが、殆どクリーニングですし、洗濯機がありますから」

「掃除は？」

「自分の部屋ぐらいは……」

「布団を干したこともないのか？」

「うちはベッドですし、布団乾燥機があります」

当たり前のことを答えているつもりなのだが、答える度に『やれやれ』という顔をされ、罪悪感が生まれる。

「この家を見ると、お前の生まれなら大概のことは金でカタがつくだろう。だが、『できない』と『やらない』のでは意味が違う。完璧にできる必要はないが、取り敢えず何もかも一度は体験しておけ」

「……はい」

食事の後、彼は書類をチェックするから、仕事の話は明日だと言って自室に向かった。

「食器ぐらいは洗っとけ。後でチェックするから、洗いカゴに入れたままにしておくんだぞ」

食器を洗うぐらい簡単なことなのに、信用はされないようだ。

食器を洗い、風呂を使うと、もう何もすることがないので、自分も部屋に戻った。

夜、という静かな時間がまた自分の中の不安を増大させる。

本当に何とかなるのだろうか？

叔父達にどう対処すればいいのか。

空木さんは何を考えているのか。

明日も会社を休むべきなのかな？

だとしたら今度はもっと詳細な理由を尋ねられるだろう。

新しい仕事とは何か、何をしているのか。安藤老人は空木さんに手伝ってやれとは言ったけれど、会社として仕事を依頼してきたわけではない。

空木さんはただ単に、対処の仕方を教えてくれるだけで帰ってしまうかもしれない。

一人で残されたら、自分はどうすればいいのか。

考えても答えが出ないことだとわかっているのに、考えずにはいられなくて、ベッドに入った後も眠ることができなかった。

暗くした部屋の中、何度も寝返りを打ってはため息をついた。

暫《しばら》くすると、暖房を点けていたはずなのに部屋の空気が冷たくなってきていることに気づいた。

ヒーターのスイッチをタイマーにしていただろうか？　それとも壊れた？

確かめようと身体を起こすと、外の光を受けて透けるカーテンの前に、人が立っていることに気づいた。

ドアの開く音はしなかったが、空木さんが入ってきたのか？

「あの、何か……？」

言いかけてビクッと身体が固まる。

違う。

空木さんではない。

月と庭園灯の光を受けて映し出された影は、空木さんのものとは到底思えない形だ。

ボサボサな長い髪、着流しか死に装束のような白い着物に身を包んだ長身。

「どろ……」

泥棒、と叫ぼうとして、俺はこの姿を見たことがあると思い出した。

「いらぬ命だと言った」

低い声が響く。

「いらないのならば、私にくれると言った」

背筋にゾクリとしたものが走る。

声は、間違いなく窓際の男から発せられているであろうに、空気を震わせて伝わってきているという感覚がない。

「死んだら楽になれると願ったな?」

これは……。

夢だ。

夢に違いない。

だって、近づいてきたその男の姿は、夢の中で見たあの鬼そっくり、……いや、鬼そのものだったのだから。

「お前の望みを叶えたら、私にお前の全てを寄越すと言ったな？」

鬼は、ベッドの傍《かたわ》らにまで近づいた。

「会社が上手くいって、皆が不安を感じなくなり、親戚と縁を切って静かに自分の家で暮らしたい。皆の期待に応えて、両親の死を悼みたい。それが叶えば、いいのだろう？」

長い髪のせいで顔はよく見えないが、シルエットにはやはり小さな角が見えた。

「い……、いやだ」

「何がいやだ？　叶ったら鬼のものになると言っただろう。一度交わした約束は絶対だ」

「俺はまだ死にたくない。これは夢だ」

そうだ夢だ。

夢とわかっているのに、まるで現実みたいだから怖い。

近づく鬼の身体からは、冷気すら感じる。

「夢ではない。お前に理解ができないだけで、これは現実だ。だから、お前は私と交わした約束を守らなければならない」

手が伸びて、俺の手に触れた。

人のものとは思えないほど冷たい感触。

思わず引っ込めようとしたが、鬼は腕を掴《つか》んで俺を引き寄せた。

「あ」

すごい力で引っ張られ、身体が前のめりに倒れる。

「まず、両親のために涙を流させた。自分の家に戻してやった。次は会社か？」

頭が混乱する。

本当に？

本当にこれは夢ではないのか？

この現代に、鬼が実在するのか？

そんなわけがない。

ではこの冷たい手は……。

「まだ全てを叶えたわけではないからな、命まで奪うとは言わない。だが、少しは褒美をもらわなくては」

「も……もう、俺は死にたいとは思ってません」

「今がどうであろうと、約束はもう交わされた。もし私が手を貸さなければ、お前はあの雪の中で死んでいたんだぞ？」

「あれは……、空木さんや安藤さんが見つけて、助けてくれて……」

「あの雪の中、突然倒れているお前を通りすがりの人間が助けてくれると？」

言われてみればそうだ。

場所が駐車場だったと聞かされ、不思議なことだと思わなかったが、店も閉まっている吹雪の中、車から離れて倒れている俺を偶然見つけてくれるなんて、奇跡に近い。

「もし約束を違えるなら、あの場所まで戻してやろうか？」

「それはだめです！」

鬼は、クックッと喉を鳴らして笑った。

「もう死にたくない、か」

「あの時は、錯乱してたんです。死にたいなんて、もう思いません。だから、約束はなかったことに……」

「都合のいいことを。約束をなかったことにするなら、あの雪の中に戻してやる。そして今度は誰にも見つけられずに死ぬだけだ」

「それは……」

「嫌なら、私との契約を守るべきだな」

「俺を……、食べるんですか……？」

「食べる？　そんなことはしない」

「命を奪うのでは……」

「奪うとは言っていない。私のものにするだけだ」

「あなたのものになるって、どういう意味なんですか？」

「こういうことだ」

再び腕を引かれ、牙《きば》のある口元が近づいて首筋に当たる。

だが咬《か》みつくのではなく、冷たい舌が首を舐めた。

「長く人の身体を味わっていなかったからな。その身体で、私を満足させろという意味だ」

「お……、俺は男ですよ？」

「だから？　男でも女でも、子を成すわけではないから大差はない。幸い、お前は男にしては細いし、顔も悪くはない。十分だ」

手が、パジャマの襟《えり》にかかり乱暴に引き裂く。

ボタンは弾け飛び、前が開く。

冷たい手は、腕を放し、向き出しになった胸に触れた。

「冷た……っ」

「穏やかに暮らすのも悪くはないが、やはり時折人の身体は恋しくなる」

「待って……！」

慌てて彼を制止しようとしたが、もう遅かった。

「あ……！」

彼はのしかかるように俺を押し倒し、上に乗った。

あり得ない。

こんなことが現実なわけがない。

雪山の中で見た幻影のはずの鬼が、俺を襲うなんて。
何度否定しても、受け入れ難いと思っても、鬼の手は止まらなかった。
「……ひっ！」
冷たい指、冷たい舌。
冷気を発する身体。
強い力で押さえ込み、強引に唇を奪われる。
重なった唇も、差し込まれる舌も、感触は生々しいのに酷く冷たい。
「……ン」
その冷たい舌が、口の中でぐにゃぐにゃと動き回る。
体温がないから、それが『舌』とは思えなかった。だが、確かにキスされているのだ。
鬼に、男にキスされるなんて。
抵抗しようと思ったのに、驚きと恐怖で、身体が強ばってしまって腕に力が入らない。
そうこうしている間にも、手は胸を探り、脇腹へと流れた。
「……っや、やめろ……！」
唇が離れた隙《すき》をついて叫んだが、相手は聞く耳など持っていなかった。
唇が、開いた胸に下りてゆく。
冷たく濡れた感触が、胸を滑る。

脇腹を撫でた手が、パジャマの下にかかる。

「やめ……」

容赦なくパジャマと下着が一気に引き下ろされる。

今度こそ止めなくては、と手を伸ばしたが、指先が鬼の手に触れ、冷たさを感じると手が止まってしまった。

感触が、これが現実なのだと突き付ける。ということは、現実に鬼が、人ではないものがここにいるのだ。

その事実が怖くて、より身体を硬くさせてしまう。

もしかしたら、鬼が何かの力を使って自分を動けなくさせているのかもしれない。

「柔らかい」

腹に、頬が擦《す》り寄せられる。

「温かい」

愛おしむように。

「人を抱くのは何十年ぶりか」

「ど……うして今までしなかったことをしようとしてるんです……?」

手が動かないのなら言葉で、何とか鬼の気を引き、動きを止めようと試みた。

「契約をしたからな」

「契約？」

「約束、だ。人に害はなさない、と。だから無理やり犯すことはできなかった」

「その……約束した人を抱くのじゃだめなんですか？」

「あれとは別のものを代償にさせた。だが、長らく触れずにいると、相手が欲しくもなる。だから お前とはお前の全てを契約の対象にした。これでお前を抱いても、『無理やり』ではない」

「無理やり、です！　俺はこれを嫌がってるんです」

「契約は既に履行されている。今更嫌がっても、関係ない」

「全て、ではありません。まだ成就してないものの方が多い。それなのに対価だけ受け取るのは卑怯《ひきょう》だ！」

「卑怯？」

鬼は身体を起こした。

暗闇に目が慣れてきて、彼の顔がうすぼんやりとではあるがわかる。

だが、その口元に際立つ牙のような犬歯を見つけると、思わず目を逸《そ》らしてしまった。

怖い。

あの牙で咬みつかれたら、どうなってしまうのだろう。

「あ……、あなたの、約束……、契約の対価は俺なんですよね？　契約って、俺の望みが叶ったら、ですよね？　なのに、まだ俺は一つも叶えてもらってない」

「一つも、だと？」

「俺はまだ心行くまで両親の死に涙してないし、家に戻っても『静かに』暮らしてはいない。会社だって、親戚だって、これから空木さんと考えることにしてるんです。なのにあなただけが報酬として俺を受け取るのは不公平です」

こんな理屈が通じるのだろうか？

四の五の言うな、と襲っては来ないだろうか？

心臓は、緊張と恐怖でバクバクしていた。

でも、このまま、無理やり強姦されることを受け入れたくはない。

「その理屈は聞いてやろう。だが命は助けた。今死にたくないのなら、『生きてる』分の対価は受け取ってもいいだろう？」

「それは……」

「私を満足させろ」

「満足？」

「手でも、口でも、私を満足させたら、今夜は戻ってやる」

「手でも口でもって……」

鬼の言ってる意味がわかって、俺はハッとした。

「さあ」

鬼はベッドの上で胡座《あぐら》をかき、白い着物の裾《すそ》を捲《めく》って自分のモノを晒《さら》した。

つまり、彼は俺に奉仕しろと言うのだ。

筋肉のしっかりついた、アスリートのような脚と人間の男と同じ形のモノ。

「どうした、さっさとやれ」

抱かれるよりはマシ、殺されるよりはマシ。

何度も心の中で自分にそう言い聞かせて、俺は手を伸ばした。

冷たい。

わかっていたことだが、触れた性器も、感触は生きている人間のものと変わらないが、体温だけは死人のように冷たい。

生きてる人間が、コスプレしてるわけじゃないのだ。

彼は本当に鬼なのだ。

俺は覚悟を決め、身体を起こすと彼のモノをしっかりと握った。

体温がないのはありがたいことだと思おう。これは『人』ではない。『もの』だと思える。

ただそこにある物体を手で握るだけだ。

目を閉じて、自慰をするように手を動かす。

他人のモノに触れるなんて初めてだ。それを扱《しご》くのも、もちろん初めてだ。

けれどそんなことは言っていられない。

一心不乱に手を動かし、早く彼がイッてくれるように祈り続けた。

その俺の髪に、彼が触れてくる。

ビクッとしたが、手はただ髪を撫でただけだった。

人恋しいのだろうか？

いや、そんなことを考えてはいけない。この男は、鬼は、俺を強姦しようとしたのだ。情けを持つのはいけないことだ。

暫く手を動かしていると、手の中のモノが一段と硬く、大きくなった気がした。

そのまま手を動かし続けていると、髪に触れていた彼がピクリと震え、手に冷水が零れた。

違う。

水じゃない。

これは……。

「いいだろう。今夜はこれで戻ってやる。だがまた望みが叶ったら、次をもらいに来るからな」

目を閉じたままの俺の首を食《は》むと、鬼がベッドを下りる気配がした。

次に何を命令されるのかとじっと待っていたが、もう声はしなかった。

恐る恐る目を開けると、鬼の姿もない。

水を感じた手を見ると、そこには白濁した液体が零れていた。

「鬼の……、精液……？」

気持ち悪くて、俺はすぐにベッドを下りると、手が赤くなるほどティッシュでそれを拭《ぬぐ》った。

「あり得ない！　絶対にあり得ない」

鬼がいるなんて。

自分が鬼と契約したなんて。

鬼が射精するなんて。

自分がそれを手伝ったなんて。

そんなこと、現実に起こり得るはずがない。

これは夢だ。

さっき夢ではないと実感したのに、俺はまたそれを否定した。

きっと、疲れていて悪い夢を見ているのだ。

現実かと思うような夢を見ることだってあるだろう。これはきっとそういうものだ。

幾つもの問題を抱えているから。

それらが、安藤老人と空木さんが現れて何とかなるかもしれないと思いながら、こんなに都合のいい話があっていいのかと疑う気持ちもあり、その不安が『鬼との契約』なんてファンタジーな夢を見せているのだ。

誰に話したってそう言われるに決まってる。

この世に『鬼』なんていやしないよ、と。

「あり得ないんだ……」

だからこれは悪い夢なのだと、何度も繰り返した。

ティッシュを擦る手に痛みを感じても、ずっと……。


「手をどうした？」

翌朝、朝食に呼ばれ出ていくと、空木さんは赤くなった俺の手を見て訊いた。

「ちょっと……、寝ていてベッドの柱にぶつけたみたいです」

「打ち身は後から痛くなる。薬を塗ってこい」

「大したことは……。それに、朝食の支度を手伝わないと」

「パンとスープ程度だ。お前がいなくてもいい。さっさと行ってこい」

「……はい」

薬箱から軟膏《なんこう》を取り出し、手に塗りながら俺は泣きそうだった。

全てが夢だった、鬼など現れていない。

そう思いたかったのに、あれが事実だという証拠が残っていたからだ。

手ではない。

手の痛みや、捨てたティッシュは、夢を見た後に誤解して自分のした行動と理由をつけられる程度のことだ。

けれど、どうやっても説明が付かないものがあったのだ。

それは、パジャマだった。

手を拭ってすぐに潜り込んだベッドで、俺は何とか眠りにつくことができた。

目覚めて何もなければ、笑って済ませようと。

なのに、現実は俺を奈落《ならく》の底へ突き落とした。

目覚めた時に着ていたパジャマには、ボタンが一つも残っていなかったのだ。

鬼が引き裂いたから。

床やベッドの中に散らばったボタンは、寝ぼけて自分が引きちぎったとは言えなかった。ベッドの中にいながら、どうやって床にボタンを飛ばすことができるのか？

残っていたパジャマは、ボタンが縫い止められていたところが裂けてさえいた。

ものすごい力が加わった証拠だ。

つまり、昨夜のことは現実だったのだ。

薬を塗って戻ると、空木さんがコーヒーを淹れてくれた。

「カップは持てるか？　酷く痛むなら、医者に行ってこい」

当たり前の、ささやかな優しさが胸に染みる。

「いえ、大丈夫です。ヒリヒリする程度ですから。ぶつけたというより、擦っただけだと」

「そうか。それじゃ、メシを食え。人間、空腹だとろくなことを考えないからな。食いながら、これからのことを話そう」

これからのこと……。

これから、自分の望みが叶えば叶うほど、鬼に抗《あらが》えなくなってしまうのか。それを思うと気が重い。

次は何を要求されるのだろう。

俺が鬼に抱かれるのは避けられないことなのか。

「どうした？」

「いえ、その……。何をしたらいいのかわからなくて……」

「安心しろ、一つずつゆっくり片付けていけばいい。そのために、明日、会社の重役と叔父達をここへ呼べ」

「重役と叔父さんを？　どうしてです？」

「まずこちらの意思を伝えるためだ」

「意思って……」

「叔父達には金は払わない、重役には会社再建の提案だ」

「叔父さん達に意思を伝えるのはいいとしても、再建の見通しなんて……」

「新しい仕事を与える。昨夜均と話をして、……均は安藤グループの今のトップの人間だ」

「知っています」

ネットで調べたから。

「そうか。あれも有名になったもんだ。それで、均と話をして、小さい仕事を幾つか回してもらうことにした」

「小さい仕事？」

「お前の会社がどれだけの力があるかわからないからな。まずはお試しだ。それでいいようだったら、大口を回せるかもしれない」

道が拓《ひら》ける。

それはいいことだ。

昨日までの自分なら、きっと手放しで喜んだだろう。だが今は、望みが叶うのが怖い。

「いくらジジイの後押しがあっても、簡単に大口の仕事が取れると思うなよ」

俺の憂いた顔を、仕事の不満と取ったのか、彼が言った。

「いいえ、そんなことは。仕事がいただけるだけでもありがたいです」

「それならもう少し嬉しそうな顔をしろ」

そうだ。

彼だって俺のためにわざわざ仕事を取ってきてくれたのだ。感謝しないと。

「すみませんでした。ありがとうございます」

「よし。じゃあ食いながら仕事のことを説明する。お前がちゃんと全体を把握するんだ。社長を譲りたいと思う相手が見つかるまでは、お前が社長なんだからな。トップとして他の人間に問われたことに答えられるだけの知識を身につけろ」

「はい」

これも、鬼が『私が与えたものだ』と言うのだろうか？

安藤老人や空木さんが動いてくれたのは、彼等の厚意ではなく、鬼の力なんだろうか？

それとも、厚意を示してくれる相手と引き合わせてくれたことが、鬼の力なんだろうか？

食事をしながら、空木さんは俺に新しい仕事と契約の内容を説明してくれた。

仕事は、今度グループが企画しているデザイナーの個展のパンフレットと、そこで販売するスーベニアグッズの製作だった。

個展は大規模なものではないが、ものがパンフレットなだけに、印刷の再現度が重視される。

細かい線の再現はもちろんだが、色合いが重要で、気に入らなければ刷り直しをさせるかもしれない。

グッズも同じこと。

更に布など、紙以外のものへの印刷でも、同じ精度が求められる。

菓子のパッケージでは再現度というよりも、より美味しそうに見える印刷をということで何度かリテークをもらったこともあるので、多分大丈夫だろう。

一番の問題は納期だ。

個展の開催まではまだ日があるが、作品のうちの幾つかが未完成だというのだ。

「グッズは完成品の絵を使うとしても、パンフレットは全ての作品を掲載しなきゃならないからな。いつから刷り始められるかはまだわからない」

「それだと、出来上がりはかけられる時間によって変わります。もし前日上がりなんてことになったら、写真を使うことになるかも」

「そこは担当者と話すんだな」

「空木さんが担当するんじゃないんですか？」

「俺はお前の世話を頼まれてるだけだ。仕事の話は会社の人間にさせる。俺はそのデザイナーとやらの作品も見たことがないんだから」

そうか。

この人は老人と一緒に隠遁していた人だっけ。

「俺の立場は、そうだな……、お前の秘書とでもしておくか」

「秘書、ですか？　専務とか、そういう肩書きの方が……」

「役付きは面倒だ。それに、お前の会社に入りたいわけじゃねぇしな。企画の青写真は、後でメールさせる。お前のパソコンのアドレスを教えろ。それが届いたら、わからないところを訊け」

「はい」

「届くまでに、お前に洗濯の仕方を教えてやる。洗い物もな。昨夜の洗い物は、皿の裏側に洗剤が残ってたぞ」

「……すみません」

「それから、葬儀の礼状は出したのか？」

「社葬でしたから、そういうことは皆会社が……」

と言うと、彼は顔をしかめた。

「お前の両親の葬儀だろう。たとえ会社関係の人間であろうと、会社がやってくれると言おうと、お前が息子として礼を尽くすべきじゃないのか？　両親の死を悼むのなら、その気持ちをちゃんと自分が伝えろ」

「……はい」

「会葬者の名簿は？」

「会社に……」

「じゃ、それも明日持ってくるように言え。相手が礼や情を欠いているからといって、お前までそれに合わせる必要はないんだぞ」

「はい」

指摘は一々もっともで、返す言葉がない。

「納骨の準備もあるだろう。墓はあるのか？」

「あ、はい」

「じゃ、その手配もしろ。動け。動いていれば、悩みや不安も消えるさ」

「はい」

動いていれば、何もかも忘れられるだろうか。

ならば、忘れたい。

鬼のことなど、忘れてしまいたい。

「檀那寺《だんなでら》にも連絡しとけよ」

「檀那寺？」

「……菩提寺《ぼだいじ》だ」

空木さんが側にいてくれるなら、彼だけ見て、彼を信じてゆこう。

なるべく一人にならないように注意して、夜も明かりを点けて眠ろう。

鬼のことなどよく知らないが、もしかしたら弱点があるかもしれないから、もっと色々調べてみよう。

動こう。

仕事も生活も、鬼のことも。

自分が動いて、何とか活路を見いだそう。

それが、鬼から逃げる道に繋がるはずだ。

この行き詰まった状況から抜け出す道にも。


その日の午前中に、会社に連絡を入れ、これからのことを話すから明日家の方に来て欲しいと言うと、時田さんは素直にわかりましたと答えた。

重役全員を連れてきて欲しいと言っても、その方がいいですね、と言った。

恐らく、彼の方にも俺に話したいことがあるのだろう。

夜には叔父さん達に電話し、財産のことについて話したいと告げると、こちらは突然言われてもと文句を言われたが、結局は三人共来てくれることになった。

会って、何を話せばいいのかまだわからなかったが、とにかく空木さんが呼べと言うのでいうことを聞いた感じだ。

「お前はやっぱり押しに弱いな。自分の考えがない」

「ありますよ」

「どんな?」

「空木さんと安藤さんを信じると決めたことです」

「他人任せにすることを、決めたとは言えないぞ？」

「俺にしてみれば、出会ったばかりの人を信じるのは決意と覚悟が必要です。もしそれで失敗しても、それは自分に人を見る目がなかったと諦めます」

「その程度にはしっかりしてる、か」

彼の言いたいことはわかる。

俺は確かに頼りないだろう。

流されてるし、何もかもを捨てて逃げ出そうとした不安定さも持っている。

けれど、鬼の力などに頼りたくないという気持ちが、自分の選択を確固なものにした。

……皮肉なことに。

自分で決めて、自分が動かなければいけない。

そのために、必要な人の手は借りても、『何かが起こる』ことを待つのはダメだと。

夕飯を手伝おうと思ったが、焼き肉だったので、食器を並べる程度だった。

風呂を使い、夜になると、部屋の明かりを全部点けて、鬼について調べてみた。

諸説色々と入り交じってはいたが、鬼は神様や異世界の生き物だとか、人が怒りや恨《うら》みで変化したものだとか、死人であるとか、色々あるらしい。

鬼の弱点として調べてみると、騙《だま》されやすいとか、臆病《おくびょう》なところがあるとあったが、あの白い鬼はそんなふうには見えなかった。

角がなくなると力が使えないとか、菖蒲《しょうぶ》や桃《もも》が苦手とかあったが、角をどうにかすることは自分には無理だし、菖蒲も桃も季節が違う。

季節に合ったものといえば柊《ひいらぎ》があったが、それを具体的にどうすればいいのか。

手に入れることはできそうだったので、それは買っておいてもいいだろう。

どれも、民族学や幻想小説などによるものが多いので、信用はできないが。

現実に鬼に会った人間の話はなく、後はゲームやマンガの話ばかり。

ネットではなく、大きな図書館で調べてみた方がいいのかもしれない。

ベッドに入っても、緊張し、じっと固唾《かたず》を呑《の》んで気配を探っていたが、その夜は何も起こらなかった。

いつの間にか眠ってしまい、朝、慌てて起き上がったが、身体に異変はなかった。

もちろん、新しくおろしたパジャマもそのままだった。

もしかして、何か進展がないと報酬を受け取りには来ないのかも。

いや、やはりあれは夢だったのかもしれない。

そう考えるのが一番現実的だ。

今日は重役達が訪れるからと、俺はスーツに着替えて部屋を出た。

てっきり空木さんもスーツに着替えると思っていたのだが、朝食の席についた彼はいつものニットにデニムのラフなスタイルだった。

「着替えないんですか？」

「何が？」

「会社の人間が来るのなら、スーツの方がいいかと……」

「面倒だからこれでいい。家の中なら、お前が恥をかくわけじゃないだろ？」

「それはそうですけど、仕事の話をするならやはりスーツの方が」

「仕事の話は安藤から人が来ることになってる。それがきっとスーツを着てるだろう」

スーツを着てる人がいればいいという話じゃないのに。

「ひょっとして、空木さんはスーツが苦手なんですか？」

と訊くと、彼はちょっとむっとしながらも認めた。

「ネクタイが嫌いなんだ。絞め殺されるみたいで」

強面《こわもて》で、いかにも強そうな彼の苦手に、思わず笑ってしまう。

「初めて笑ったな」

「え？」

「笑ってる顔のがいい。眉間《みけん》に皺《しわ》を寄せてるか、半べそかいてる姿ばかりだったから、笑えないのかと思ってた」

「そんなことは……」

「語尾をごまかすのは止めろ。そういう曖昧なところが付け込まれるんだ。物事ははっきり言え。

『そんなことは』あるのかないのか」

「そんなことはありません」

詰め寄られ、はっきり口にすると、彼は笑った。

「そうだ。それでいい」

俺が笑ったのも初めてなら、彼が笑ったのを見たのも初めてだ。

笑う、ということは大切なことなんだな。

笑顔を見せられただけで、彼との距離が縮んだ気がする。

「今日話すことは昨日ちゃんと教えた。後はお前の度胸だけだ。胸を張って、しっかりハッタリを効かせろ。後ろには俺が付いてるから」

彼の大きな手が、俺の頭を撫でた。

安藤老人の家からずっと一緒にいたのに、彼に触れられたのも初めてだ。

いや、両親が亡くなってから、人が自分に触れてくれるのも、もしかしたら初めてかもしれない。

手のひらから伝わる温もり。

一瞬、鬼に髪を弄《いじ》られたことを思い出したが、あれと空木さんは違う。

彼にはちゃんと温もりがある。

自分に触れてくれる温もりが、まだ残っていたのだ。

「……泣いてるのか？」

「いいえ」

「鼻声だぞ」

「人に……、触れてもらったのが久しぶりだったので、ちょっと……」

「ちょっと？　語尾を濁すなと言っただろう？」

「濁してるわけじゃないんです。何て言ったらいいかわからなくて……。ただ、自分に触れてくれる人がまだいるんだなって……。ずっと、向き合う人ばかりだったから、自分の側に誰かがいるんだって思ったら何か……」

指摘された時には泣いてはいなかった。

鼻が痛くなってはいたが、涙は零していなかった。

でも、空木さんが腕を回してくれるから、俺を抱き締めるから、涙が零れてしまった。

「う……」

子供のように扱われて、甘えさせてもらえて、涙が止まらなくなってしまう。

自分からも彼に腕を回し、すがりつくようにして泣いてしまった。

優しくされたい。

甘やかされたい。

でもそれを言う先がなかった。もう言ってはいけない齢だった。

空木さんがそれを許してくれるから、頑《かたく》なだった心がボロボロと崩れてゆく。

俺は、誰かにすがりついて、弱い存在になりたかったのだと初めて気づいた。

「まだ泣き足りなかったんだな。ジジイのとこで、すっかり泣き尽くしたと思ったのに」

彼の言葉に、俺は慌てて離れた。

「すみません」

向こうで泣いてたのも気づかれていたのかと思うと恥ずかしくて。

でも腕は俺を彼の胸に引き戻した。

「いいから、心ゆくまで泣いてろ」

彼が淹れたコーヒーの匂いが服に染み付いていて、微《かす》かに香った。

「でも、人に会うのに泣き顔ではいられません。顔を洗ってこないと」

「……そうか。後の予定があったか」

納得して、腕が解かれたので、改めて身体を離す。

「お前は、我慢強いんだな。いや、我慢が染み付いてるんだな」

「え？」

「吐き出す方法がヘタだから、壊れるまで我慢する。もっと感情を外に出す方法を覚えないと辛くなるぞ」

「別にそんなことは……」

「『そんなことは』ってのはお前の口癖だな。他人にこうだと決められるのが嫌なのか。案外強情なのかもな」

「別にそんな……」

『そんなことは』、と言おうとして、口を噤《つぐ》んだ。

本当だ、俺はよくこの言葉を使っている。

「顔、洗ってきます」

彼にしがみついたことも、泣いたことも、口癖を指摘されたことも恥ずかしくて、俺はその場を離れた。

「後で安藤の人間も来るから、ちゃんとしてこい」

「はい」

洗面所に駆け込み、冷たい水で顔を洗い、ふっと顔を上げて鏡を見た。

鏡に映った自分の顔。

泣いたせいか子供のようだ。

空木さんの野性的で男らしい顔に比べると、童顔でひ弱な顔。

重役達が、自分に頼ろうとしないのは、道具のように扱おうとするのは、この外見のせいもあるのかもしれない。

齢も若く、自分の意見を言えず、見た目も弱々しそうな自分が、社長を務めようと言うのなら、せめて態度ぐらいしっかりしないと。

顔を洗って出てくると、空木さんは食事を始めず待っていてくれた。

「すみません、お待たせして」

「せっかく二人でいるんだ。一緒に食う方がいいだろう。座って、しっかり食え」

「はい」

そんな言葉だけで嬉しいと思ってしまう。

空木さんは、食べながら今までとは違い、俺自身のことを訊いてきた。

親との関係や、普段は何をしているのか等。

特別変わったことのないつまらない話なのに、食事の間中、彼は俺の話に耳を傾けてくれた。

「真面目だったんだな。女と遊んだりもしなかったのか？」

「ガールフレンドぐらいはいましたけど、勉強が忙しくて、特定の相手は作れませんでした」

「今時、そういう人間は少ないだろう？」

「今は、草食男子とか、絶食男子とかって言葉もあるくらいですから、あまり珍しいとは思いません。早く立派になって、父親を安心させてあげたかったんです」

「草食？　絶食？」

「ガツガツしてる人のことを肉食系って言うでしょう？　その逆の意味です」

「ああ」

「空木さんは恋人とかいないんですか？」

「昔はいた。だが昔過ぎて忘れた」

「そんなに簡単なものですか？」

「お前達が考えるような恋愛とは違うんだろうな。一時は誰でもいいって頃があったから」

「……肉食だったんですね」

「今はおとなしいもんだ」

と言われても、まだそんな齢ではないのだから、数年前までは、ということだろう。

もしそれが十代の頃だというなら、すごい肉食だ。

こういう他愛ない話をするのも、久しぶりだった。

食事の後も暫くそんな話をし、気持ちが落ち着いたところで、皆が集まる時間になった。

一番最初にやってきたのは、安藤グループから来た鈴木《すずき》さんという男性だった。

眼鏡をかけた、痩《や》せぎすの中年男性で、空木さんとは初対面らしい。

「暫く別室で待ってろ。先に片付ける話があるから」

「そちらも伺《うかが》っております。では、よろしいようになりましたら、お呼びください」

渡された名刺は、営業の部長ということだった。

次にやってきたのは時田さんを始めとした重役が五人。

いずれも難しい顔をして、俺を見ると『何故呼び出したんだ』という視線を向けてきた。

彼等をリビングに通し、コーヒーを配ったところで、約束の時間より少し遅れてやってきたのが叔父さん達だ。

叔父さん達は、会社の人間が揃っていることに少し驚きながらも、大人としての挨拶を交わしていた。

重役達が、俺には言わなかったお悔やみの言葉を叔父さん達には告げているのが、妙に印象的だった。

「さて、それでは我々を集めた理由を伺わせていただきましょうか？　まさか、社長を継がないとか、そういう話ではないでしょうね？」

その場に空木さんという部外者がいることにも触れず、いきなり切り出したのは、専務の有田《ありた》さんだった。

空木さんは部屋の隅に立ったままだったので、新しい家政夫と思ったのかも。

「叔父さんの誰かに譲られるんですか？」

緊張で、喉がカラカラだった。

だが、俺ははっきりとものを言わなくては。

「会社は、俺が継ぎます。社長として未熟ではありますが、精一杯務めるつもりです。今回皆様にお集まりいただいたのは、新しい仕事の話について説明するためです」

「新しい仕事って、新規事業でもやるつもりですか？　投資資金なんてありませんよ？」

「わかっています。我が社は現在、マイナス成長で、大口の顧客も失いました」

「何だって！　そんな話聞いてないぞ」

俺の言葉に、勝叔父さんが声を上げた。

「じゃあ、私が持ってる株券はどうなるんだ。まさか、倒産の宣言じゃないだろうな」

「株券に対して不安があるのでしたら、俺が買い取ります。ただ遺産の分配はありません」

「美樹也」

「これははっきりと言っておきます。父の遺したものを叔父さん達に分配はしません。今回お呼びしたのは、それを告げるためと、会社の現状を知っていただくためです。家の中のものも、勝手に持ち出されては困りますので、先に言っておきます」

「そんなことは……」

叔父さん達は顔を見合わせ、口を閉じた。

「次に、重役の方々には、新しい会社との契約についてお話をしたいと思います」

「新しい会社と言ったって、うちは町の印刷屋とは違うんですよ？　そこらのチラシやなんかを取ってきてもできませんからね」

「経験も人脈もない美樹也さんが、取ってきた仕事なんて、なあ？」

「あなたにしてもらいたいのは、財産の一部でもいいですから会社に供託金として提出して欲しいってことです。こんな大きな家、一人で住むには広過ぎるでしょう」

「そうですよ、社長になられるならそれぐらいのことは会社に貢献してくれないと」

矢継ぎ早な重役達の言葉に反論したのは、俺ではなく叔父さん達だった。

「冗談じゃない。ここは樋口の個人財産だ。潰れかけてるって言うなら、会社に出資したって無駄金じゃないか」

「そうよ。それなら私達の株券を高値で買い取って欲しいわ」

「あなた達は創業者一族でしょう。それくらいの痛みは引き受けたっていいはずだ。何だったら、増資で更に株を買い増してくれたって……」

「冗談じゃない。我々は会社とは無関係だ」

ちゃんと説明しようと思っていたのに、場は騒然となってしまった。

互いに罵《ののし》り合う声が響き、視線も意識も俺から離れてゆく。

「待ってください。落ち着いてください」

という俺の声も、罵声《ばせい》にかき消された。

「大した会社じゃねぇな。欲の皮の突っ張った人間ばかりの集まりだ」

その中に、決して大きいわけではないのに、凛《りん》と響き渡ったのは、空木さん声だった。

一同は、ここで初めて空木さんの存在に気づき、視線を向けた。

「何だ君は。美樹也くんの友人か?」

「どうして関係ない人間がこの場にいるんだ」

「……今更かよ。最初からずっといたのに、勝手に喋り始めたのはお前達だろう」

「美樹也くん！」

有田さんが声を上げると、空木さんは俺の前に立ち塞《ふさ》がった。

「一応頑張って自分で何とかしようとしてるみたいだから黙って見てたが、相手が悪い。バカ過ぎる」

「バ……、失礼な！」

「会社、傾いてんだろ？　樋口が取ってきた仕事をありがたく思うのが当然だろう。その説明も聞かないまま、他人の金を毟《むし》ろうとしてケンカしてる人間なんぞ、バカで十分だろう」

「美樹也くん、この男は……！」

「話してるのは俺なのに樋口を呼ぶな。礼儀を知らないヤツだな」

「礼儀……って、君の方が礼儀がなっていないだろう。これは身内の話し合いだぞ」

「俺はこれから樋口の私設秘書だ。だから部外者じゃねぇよ」

「美樹也くん」

「だ、か、ら、いい加減に苛《いじ》めやすい人間に矛先を向けるな。ちゃんと俺と話し合え。それとも、俺が怖いのか？」

「貴様……！」

「皆、まあ、待ってくれ」

いきり立つ重役達を抑えて、時田さんが声を発した。

「我々を礼儀知らずと言うなら、君も礼儀を知らないだろう。まずは名前ぐらい聞かせてくれてもいいんじゃないか？」

時田さんの言葉に、彼はふん、と鼻を鳴らした。

「少しはまともに話せる人間がいるじゃないか。いいだろう、俺は空木だ。安藤グループの人間として扱ってもらっていい」

「安藤グループ……？」

「東証の一部上場企業だ、名前ぐらいは知ってるだろう」

「空木さんは、安藤グループの会長のお孫さんなんです」

俺が補足すると、部屋の空気が一変した。

「新しい仕事って、まさか……」

「安藤からの依頼だ」

おお、っと声を上げて重役達が互いに目を見交わす。

「先に言っておくが、大きな仕事がいきなり与えられると思うなよ。お前達がどれだけちゃんと仕事ができるかもわからないうちに、大口がもらえるなんてな。守銭奴《しゅせんど》の集まりにまともな仕事ができるとは思えないが、現場は違うかもしれないしな」

空木さんの乱暴な口に、もう反論する人はいなかった。

権威というものに弱いのだ、この人達は。

「それから、そっちのオッサン達。合い鍵屋を呼んで勝手にこの家に入り込んで何かしようとするのはもう止めろ。弁護士を呼んで、早急にこの家の財産目録を作る。何か持ち出したらすぐにわかるようにするからな」

「何言ってるのよ、そんなことするわけがないでしょう」

憤った様子で良子叔母さんが言い、卓巳叔父さんも「そうだ、そうだ」と続けたが、勝叔父さんは何も言わなかった。

何も言えない勝叔父さんに気づいた二人がハッとする。

「勝、お前、まさか……」

「ちょっと兄さん、嘘でしょう」

二人に責められ、勝叔父さんは顔を背けた。

「年明けに、美樹也と連絡が取れなくて、心配したからだ。別に変な考えで来たわけじゃない」

「その辺のことは、お前達で話し合え。とにかく、お前達に渡す金はこの家にはないってことだ。わかったら、お前達は帰れ。ここにいる理由がない」

「美樹也。どれだけ偉い人かわからないけど、どうして他人に言わせるの。あなたはどう思ってるのよ」

良子叔母さんが言うと、空木さんはすいっと部屋から出ていった。

おっかない男がいなくなったと思ったのか、叔母さんは完全に俺に向き直って続けた。

「あの男に変な入れ知恵されたんでしょう。兄さん達が亡くなって寂しいところに付け込まれたのね。あの男に財産を譲れとか何とか言われたんじゃないの？」

安藤グループと聞いても、主婦の叔母にはピンと来なかったのだろう。そんなことを言い始めた。

「あの人は、優しくしてくれました。それに、俺の金なんか狙わなくても、ご実家の安藤の家は比べ物にならないくらいの大金持ちです」

「……あら、そうなの？　でも、お金はいくらあってもいいって考える人もいるのよ」

それはあなた達だ。

俺は膝《ひざ》の上で拳《こぶし》を握って、言うべきことを口にした。

空木さんがきっかけを作ってくれたのだから、自分で言うべきことを言わなければ。

「両親が亡くなって、叔父さんや叔母さんが一番に口にしたのは、両親の財産を分けろという話でした。ですが、俺は祖父母が亡くなった時に、父が皆さんに相応のものを分けたと知っています。それで十分だとも思っています」

「私達は親戚なのよ」

「親戚ですから、お付き合いは続けたいと思っていますが、金銭に関しては、何もするつもりはありません。叔父さん達は生活に困るようなことはないんですから、それで問題はないと思います。先ほども言いましたが、もし必要なら、会社の株券を買い取る用意はあります」

「ここは私達が生まれた家でもあるんだぞ！」

「工場の土地の一部を売ったお金で、それぞれ家をお買いになってるでしょう」

「美樹也！」

恫喝《どうかつ》するような声に、ビクッと肩を竦める。

ここでしっかりしないと。

重役達だって見ているのだ。ここでぐずぐずになったら、社長として認めてもらうこともできなくなるだろう。

「なんと言われても、気持ちは変わりません。俺の話はそれだけです。どうぞお引き取りください」

叔父達は怒りに燃えた目で立ち上がり、酷い言葉を投げ付けた。

「そんなに金が欲しいのか！　自分だけよければいいと思って」

「あなたにはがっかりだわ。優しい子だと思ってたのに」

「そんなことだから、会社も上手くいかないんだ。お前の望む通り、株は売ってやる。私達と縁が切りたいならそうすればいい」

そんなことは一言も言っていないのに。

こちらを悪者に仕立てて自分を正当化し、立ち去る理由にしたいのか。

「いつでもご連絡ください。俺からは何も申し上げることはありません」

だが返事はなく、三人はそのまま立ち去った。

「……皆さん、お見苦しいところをお見せしました。仕事の話をしましょう」

「いいのかね？」

「いずれ話し合わなければいけない話題でしたから。俺の気持ちを皆さんの前でもはっきりとしておきたかったんです」

「それで、彼が安藤グループの親族という話は本当なのか？」

「はい」

俺が返事をすると、背後から空木さんの声が響いた。

「俺が誰であろうと、関係ない。お前達が欲しいのは仕事だろう。細かい話はこの鈴木から聞くといい」

立ち去ったと思った空木さんは、別室で待たせていた鈴木さんを呼びに行っていた。

鈴木さんは居並ぶ重役達に、慣れた様子で挨拶をした。

「初めてお目にかかります。安藤ソフィスティケーテッド部門の鈴木と申します。この度はご愁傷様でございました。働き盛りの社長様を失って、色々大変でしたでしょう」

「あ、いや……。これはご丁寧に」

名刺を配る鈴木さんに呼応して、重役達も慌てて名刺を取り出す。

「どうぞ、お座りください」

叔父さん達がいなくなった席を勧めると、彼は会釈してそこに腰を下ろした。

「しかし、若くてもしっかりとした跡継ぎの方がいらして、そちらも安泰ですね。私共も安心して仕事をお任せすることができます」

「失礼ながら仕事、とは……？」

「社長、まだご説明は？」

「いえ、まだです」

「そうですか、それでは私の方から」

鈴木さんが今回の仕事について話を始めると、重役達は身を乗り出して話に聞き入った。

悪くない話だと思う。

今回のことが上手くいけば、次に繋がるかもしれない。

安藤グループは多方面に事業を展開している。今回の個展のパンフレットから、もっと大きな仕事を引っ張ってこられるかもしれない。

どうか、小さな仕事だ、面倒だと言いださないで欲しい。

「……というわけで、今回はそちら様にとっては些細なお仕事でしょうが、これはまあお手並み拝見ということで。M製菓のパッケージをおやりになっていたのでしたら、腕は確かなのでしょうが、私共としてはこれが初めてになりますから」

「わかります。大丈夫です。うちは以前にも美術展のパンフを刷ったことがありますから。担当は、鈴木さんが？」

「はい。私が務めさせていただきます。そちらは……？」

「お話は我々が承りましたが、印刷業務そのものに関しましては、担当の者が応対させていただきます。よろしければ明日にでも、社の方へいらしていただければ」

「いえいえ、明日などと言わず、そちら様がよろしければ今からでも。何せ納期がありますので」

「わかりました」

鈴木さんに応対していた時田さんが、俺を見た。

「美樹也さん。それでは私達はこれで失礼します」

「時田さん」

「あなたが社長を務められることは納得しました。正式な社内への発表は明日ということでよろしいですか？」

「はい。わかりました」

「では、明日は出社してください」

時田さんが促し、皆が立ち上がる。

「いや、失礼なことを言って悪かったね美樹也くん。いや、樋口社長」

「こんな太いパイプを持ってらっしゃるなら、早く言ってくれればよかったのに」

俺を叱責《しっせき》していた重役達は、一様に安堵の表情を浮かべ、ぞろぞろと部屋を出ていった。

けれど、俺を認めてくれたわけではないのだ。ただ、仕事を持ってきたことに感謝しただけなのだ。

玄関先まで見送った俺に別れの挨拶をせず、鈴木さんを取り囲むようにして談笑していたのがその証拠だろう。

皆が去ってしまうと、急にずしんとした重みが肩にのしかかってきて、俺はふらつきながら壁に手をついた。

「おっと」

後ろにいた空木さんが慌てて肩を支えてくれる。

「大丈夫です。ちょっと安心しただけですから」

「安心するにはまだ早いだろう」

「わかってます。それでも、一番の難関でしたから」

「お前は、社長に向かないのかもな」

「空木さん？」

「他人に向かって命令したり、統制をとったりするのが苦手なようだ」

「……頼りないってことですよね？」

「そうじゃない。人には向き、不向きがあるって話だ。今日はよく頑張った。言うべきことは言えたんだろう？」

「だと思います」

大丈夫だと言ったのに、彼は俺の腰を抱いて、支えるようにリビングへ戻った。

「脅すわけじゃないが、これからはもっと大変だぞ？」

「ええ」

「今度は見下げられたり甘く見られたりするだけじゃない。今まで同僚だと思ってた奴等からの妬《ねた》みや中傷もあるだろう。何を言われても、顔を上げていなけりゃな」

彼の言うことは、自分も想像はしていた。

今の会社に自分の味方はいない。

公然と攻撃してくる者もいないだろうが、支えてくれる人はいない。

本来なら、父が引退するまでにそういう人間を見つけるはずだった。自分を知ってもらい、相手のこともよく知って、信頼できる人間を作るはずだった。

「お前がちゃんとできるまで、俺が側にいてやるから、安心しろ」

「空木さん」

「お前が社長として独り立ちできるようになるまで、会社が安定するまで、側にいるから」

それは老人に頼まれたから、という意味だったのかもしれないが、嬉しかった。

「……ありがとうございます」

感謝の気持ちで微笑《ほほえ》むと、彼が俺を抱き寄せる。

「空木さん……？」

強い力に慌てる俺に、彼はその意図を口にした。

「もう今日は予定はないんだ。好きなだけ泣け」

朝の続きを、ということか。

「そんなにすぐに泣けませんよ」

でも、彼の腕の中は居心地がよくて、離れ難い。

男同士で抱き合うなんて変なことなのに、いつまでもこの腕の中にいたいと思った。

「泣くまで待ってやってもいいぞ?」

「泣きません。もっとしっかりしないと」

甘えたい。

ずっとこの人に守られていたい。

でも甘えてはいけない。

俺は名残惜《なごりお》しいけれど、彼からそっと身体を離した。

「覚えることがいっぱいありますから。昼食の手伝いもします。料理を教えてください。それから、安藤グループのことについても、もっと教えてください」

「……お前は、甘えベタなんだな」

彼はそう言うと俺の頭を撫でた。

その手はとても優しくて、まるで子供にするみたいで、困ってしまった。

もう一度彼の胸に戻りたくなってしまって。

「取り敢えず、安藤の仕事で重役連はおとなしくなるだろう。それじゃ、お望み通り勉強会でもするか。俺に教えられることは少ないが」

彼に、甘えてしまいたくなるから……。

明日からの出社に備えて、その夜は早くに別れた。

重役や叔父達との対面という、一番大きな山を越えたせいで、随分と気が楽になったので、何も考えずにベッドへ入った。

空木さんが秘書になると言ってくれたとはいえ、彼は会社にまでは来てくれないだろう。だとすれば、社員達の前に立ち、挨拶をするのは一人でやらなければならない。

いや、挨拶なんて大仰なことをしなくても、顔見せで各部署や工場を回らなければならない。

その時の皆の態度や視線を受け止めるのは自分一人なのだ。

せめて不安な顔を見せないように、ゆっくりと休んでおかなくては。

部屋の明かりを点けたままにしてベッドへ入る。

いつもは消して眠る明かりを点けたままにしたのは、鬼のことを忘れていなかったからだ。

悪夢としか言いようのないあの出来事が再び起こらないように、自分のできることは多少でもやっておきたかった。

明かりがどれほどの役に立つのかはわからないが、最初も、二度目も、鬼が現れたのは夜の闇に紛れてだったから。

昨夜も明かりを点けていたら現れなかったし、きっと効果があるのだろう。

昼間の緊張のせいか、温かな布団に身を潜り込ませると、眠りはすぐに訪れた。

だが……。

「一つ片付いただろう」

耳元で誰かの声がして、俺はガバッと起き上がった。

部屋が……、暗い。

明かりを点けて眠ったはずなのに、どうして。

うろたえていると、背後から誰かが俺を抱き締めた。

「今夜も楽しませてもらおうか」

密着する身体。

頬に当たる髪。

「あ……！」

鬼だ。

「や……」

手が、パジャマの上から胸を撫でる。

悲鳴を上げたいのに、恐怖で声が喉に詰まる。

「一つ、片付いただろう？」

鬼は繰り返した。

「な……、何が……？」

会話をしている間は行動を止められるのではないかと思って恐怖を抑えて言葉を交わす。

「親族とは縁が切れて問題は終わった。ついでに、連中がもうお前のことを思い出さないようにしておいてやろう。ここに来る気持ちがなくなるように」

「そんな……、ことができるんですか……？」

「それくらいの力はある」

胸にある手が、パジャマのボタンを外す。

「ま……待ってください。まだ会話が……」

「私と会話がしたいのか？　かまわんさ、会話しながらでもすることはできる」

「するって……」

「お前を愉《たの》しむことだ」

「俺なんか、全然愉しくないです。胸もないし……」

「そうでもない。お前が可愛いと思うようになった」

「俺は男ですよ」

「わかってる」

何か……、何か、彼の気を削《そ》ぐようなことを言わないと。

ひんやりした身体が背中から寄り添う。

ボタンを外したパジャマの前を開け、冷たい手が胸に触れる。

「まだ俺の望みは……」

「お前の望みが全て叶うまでは、弄《もてあそ》ぶだけにしておいてやろう。だが叶った分だけはもらわないとな。我慢ができない」

「やめてくださ…い…」

「保険金をかけて、みんなのために死のうとしただろう。みんなのために一時我慢するぐらいいいじゃないか」

「どうしてそれを……！」

「あの時言ってただろう？　まだ保険がかかってないから死ねないとか何とか。お前が俺におとなしく抱かれれば、生きたまま『みんなのため』になるのだ。文句はあるまい」

前を開けられ、緩んだパジャマの襟元をずらして肩口に唇が当てられる。

「悪くはしない。気に入ったからな」

そう言うと、彼は胸にあった手で俺の乳首を摘まんだ。

冷たい指先が、ぐりぐりとそこを弄る。

「やめ……っ」

両方の胸を弄りながら、耳を舐《ねぶ》る。

「拒む言葉は聞きたくないな」

彼が呟くと、喉がひんやりと冷たくなった。

その途端、言葉が消える。

「あ……、あ……」

『やめて』と言いたいのに、言葉が出ない。出るのはただ『声』だけだ。

ふふっ、と鬼の笑う声が耳に響いた。

力が、あるのだ。本当にこの鬼には不思議な力があるのだ。その事実は俺の抵抗を奪うに十分な恐怖を与えた。

もし彼を拒んだら、せっかく順調にいっていることが全て崩れてしまうのだろうか。

側にいると言ってくれた空木さんが離れてゆくかも。

安藤からの仕事がこれで終わるかも。

叔父達がまた家に乗り込んできたり、会社で重役や社員がそっぽを向いたりするのかもしれない。

そうなったら、一人になってしまう、会社をやってゆくことはできなくなってしまう。

上手くいきかけていただけに、全てを失うことが怖くなる。

「あ……」

胸を弄られ続け、触れてくる指に自分の体温が移ったのか冷たさを感じなくなる。

冷たければ無機質なものと思えるのに、自分と同じ体温の指に触られると『人』のように感じてしまう。

人に触れられることは愛撫《あいぶ》となり、身体が反応し始める。

自分が嬲《なぶ》られるくらいなら、彼に奉仕する方がマシだ。

また手でしてもいい。

「う……、あ……」

そう言いたいのに言葉が出ない。

そうこうしている間に胸を弄っていた手の一方が下に向かってゆく。

胸から腹へ、そしてパジャマのズボンのゴムの中に差し込まれる。

「……っ」

晒された胸より熱が溜まっていたズボンの中では、再び彼の手の冷たさを感じる。

同じ体温では生々しさを感じたが、違う体温は他人の手を意識させる。

その他人の手が下着の中にも入り込み、俺のモノを握った。

「ん…ッ」

胸を弄られて少し反応していたものに、新たに与えられる刺激。

「あ……、あ……」

指が性器に絡み付き、五本の指がバラバラの動きでソレの形を探るように動く。

ゾクリとした感覚が肌を粟立《あわだ》たせる。

快感の波が生まれ、何度も襲ってきた。

その度、耐えようとして身体が小刻みに震える。

耐えなければ、身悶《みもだ》えてしまう。快感を受け止めたら、彼の前でイッてしまう。そんな姿を見られたくないから耐えているのに、彼は俺の震えを楽しんでいた。

「今まで自分の欲を満たすことしか優先させてこなかったが、相手の反応を楽しむというのも悪くない。ほら、これはどうだ？」

強く握られ、また大きく身体が震える。

「いいだろう？」

首を振って否定したが、また背後から肩を舐められ、声を上げてしまった。

「……あぁ！」

いやだ。

感じたくなんかない。

絶対にそれが真実の気持ちなのに、女性とのセックスもまだ経験がなく、誰かに自分が愛撫されるなんて考えたこともなかった自分は、相手が鬼であっても、男であっても、感じてしまう。

身体の内側からジクジクとした疼《うず》きが生まれ、勃起してゆくのがわかる。

自慰の時のように、下半身に熱が集まる。

「ン……、う……」

彼にイかされるなんていやだ。

恐怖より拒絶が勝り、逃げ出そうともがいた途端、背後からのしかかられた。

前のめりに倒れた俺の上に彼が重なる。片方の手は胸で、もう一方は股間で、俺を弄び続けたままで。

「う……、あ……ぁ……」

快感など欲しくない。

いっそ痛めつけられた方がマシだ。

なのに感覚はどんどんと快楽へ向かってゆく。

布団にしがみつき、唇を噛み締め、痛みで快感を消そうとすると、手は俺から離れた。

やめてくれたのか？　これで終わりか？

抱いた淡い期待は、すぐに打ち砕かれた。

「……ひ…ぁ…」

半分脱がされていたズボンから剝き出しになった尻に、手が触れる。

まさか……。

「あぁ……！　あー……ッ！」

言葉にならない悲鳴を上げ、足をバタつかせると、鬼は身体を添わせて耳元で囁いた。

「安心しろ、入れるのはお前の望みが全て叶ってからだ。まだ全てをもらえるほどのことはしていないからな。だがこれくらいはいいだろう？」

尻を撫でられ、割れ目からするりと指が奥へ進む。

「うぅ……！」

「知ってるか？　男同士ではここを使うのだ。女のよりも締まりがいいから、昔はそういう好みの者も多かった」

言ってる間にも指がそこを弄る。

前を触られるよりも感覚が薄いから我慢できるが、その指がいつ中へ入ってくるのかと怯え、力が入る。

「お前は使ったことがないから硬いな」

それを知ってか知らずか、指は閉ざした場所を撫で回した。

「だが、今はこれで我慢だな」

腰を持ち上げられ、引き寄せられる。

硬い、彼のモノが自分に当たる。

「う…ぁ……」

逃れようとしても、腰を捕らえた手は逃がしてくれず、脚の間にソレが差し込まれる。

内股《うちもも》に当たる肉感。

手は勃起していた俺のモノと彼のモノを一緒に握って動き始めた。

「ひ…ぁ……」

いやだ。

いやだ。

こんなのは嫌だ！

「……ア…ッ！」

けれど刺激は俺の意思も理性も無視して俺を追い詰める。

そして、尾《び》てい骨《こつ》の辺りをザワリとした感覚が包むと、堪《こら》えていたものが一気に吐き出されてしまった。

全身が痙攣《けいれん》し、俺のモノを握っていた彼の手に、熱が吐き出される。

「温かいな」

彼の言葉が、俺を情けない気分にさせた。

イッてしまったのだ。

彼に、鬼に触られて。

これが自分の初めての『他人』との性行為なのだ。

「また一つ叶ったら、お前をもらいに来よう。今度は会社だな」

身体が離れる。

でも俺は顔を上げることもできなかった。

自己嫌悪に打ちのめされて。

性欲に負けた。

気持ちは絶対に嫌だと思っていたのに、結局は彼にイかされてしまった。

鬼の気配は消え、チカチカと瞬きながら部屋の明かりが戻る。

明るく照らされた部屋は、己の醜態を晒されているようで、俺は慌ててベッドを飛び下りるとずり落ちたパジャマのズボンに転びそうになりながら、壁のスイッチを切った。

再び暗くなった部屋で、呆然と立ち尽くす。

惨めでやりきれなかった。

泣くこともできなかった。

泣きたいのに、悲しいと思う気持ちもカラッポで、服を直すこともしなかった。

捨てられた人形のように、ただ、ただ立ち尽くしていた。

何も考えたくなくて。

何も、考えられなくて……。

翌朝、少し遅れて階下に向かうと、キッチンからは既にいい匂いがしていた。

「遅くなってすみません」

キッチンを覗き込むと、そこには白いシャツを着た空木さんとキミさんがいた。

そうか、もうキミさんが来てくれる日になっていたのか。

「おはようございます」

「キミさん、こちらの方は……」

「伺いました。空木様とおっしゃるんでしょう？　暫くこちらにご滞在なさるとか」

「うん、そう。仕事でもお世話になってる方だから、よろしくお願いします」

「かしこまりました」

彼女の顔を見ると、ほっとする。

日常が戻った気がして。

だが、振り向いた空木さんは俺を見ると顔をしかめた。

「酷い顔だな。寝られなかったのか？」

あんなことを言うわけにはいかないから、嘘をつく。

「初出社になりますから、緊張して……」

「そうか。心配するな。俺もいるんだから」

「空木さんがいるって……」

「一緒に行くってことだ。決まってるだろう」

「出社してくださるんですか？　でも、スーツは苦手だって……」

「それぐらいは我慢するさ。一人じゃ心細いんだろう？」

「あ、はい」

素直に答えてしまってから、顔を赤くした。

子供じゃあるまいし、一人で会社に行けないなんて。

「今日は素直だな。『そんなことは』と言わなかった」

てっきり怒られるか馬鹿にされるかと思ったのに、空木さんは笑った。

その笑顔だけで心が癒やされる。

「頼っていいと言ったんだから、頼られるだけのことはしてやる」

笑顔のまま、彼は俺の肩を叩《たた》いた。

すぐに離れてしまったが、手が置かれた場所が温かく感じる。

最初は愛想のない人だと思っていたけれど、優しくて思い遣りのある人だ。言葉に嘘もなく、老人に頼まれたからだとしても、俺のことを利害関係なく親身に思ってくれている。

……昨夜の相手がこの人だったらよかったのに。

男の人が好きだというわけではないけれど、もしああいうことをしなくてはならないなら、自分が好意を抱いている人の方がいい。

空木さんならば、性欲の処理や契約だからといって手を伸ばすようなことはしないだろう。きっと相手が好きだから抱くに決まっている。

「どうした？　メシ食うぞ」

「あ、はい」

……何を考えているんだ、俺は。

彼とでも誰とでも、男とそういうことをするなんて、おかしいだろう。ちょっと優しくされたからって、そんなことを考えるのは間違ってる。

けれど、食事を終え、ネクタイを締めてスーツを着た彼を見ると、少しだけ心が揺らいだ。

「俺より社長然としてますね」

ラフなスタイルの彼もかっこよかったが、ピシッとしたスーツに身を包んだ彼はまた別のかっこよさがあった。

前髪は少し後ろに撫でつけたが、後ろ髪は長いままなのでサラリーマンというより俳優かモデルのようだ。

彼と並ぶと、自分の子供っぽさが際立ってしまうだろう。

それでも、空木さんと出社できるのは嬉しかった。

キミさんに見送られて、俺の車で二人、会社へ向かう時も、気持ちは軽かった。

ただ、昨夜のことを思い出すと、途端に気が重くなるのだが……。

暗い表情を見せると、すぐに空木さんは肩を叩いたり微笑みかけてくれた。俺が会社に行くことで塞いでいると思っているからだろう。

この人が、本当に自分の秘書になってずっと側にいてくれたら……。

仕事が軌道に乗ったら、いなくなってしまうのだろうか？

全てが順調にいって欲しいと願いながら、それが叶わない方がいいと思ってしまう。

願いが叶わなければ空木さんは側にいてくれるし、鬼が自分を襲いに来ることもないだろうから。

けれど、会社に到着すると、その考えが身勝手なものであることを痛感した。

「心から歓迎いたします、新社長」

つい先日まで同僚や上司だった人々に、そう迎えられ向かった会議室。

昨日自宅へ訪れた重役達から聞かされたのは、予想よりも切実な実情だった。

「美樹也さんには、詳しい事情を説明しないで欲しいと先代の社長から言われていたのです。心配をかけないように、と」

「我々も、あなたには知らせず何とかしようと思ってたんですが、美樹也さんが社長になる決意を示してくれたのなら、包み隠さず話した方がいいと思いましてね」

　去年の経常利益は赤字。

　新しい機械を買って回復を図ろうとしたところに製菓会社との契約切れ。銀行からの借り入れがあり、今のままの業績ではその返済もできない。

「リストラ、も視野に入れています」

「ただ、人を減らせば受注できる仕事も減ります」

「昨日の安藤との話し合いは進行中ですが、あれだけではどうにもならないんです」

「新しく小口部門とネット受付等も立ち上げましたが、焼け石に水状態で。次を期待して精一杯頑張らないと」

　俺に金、金、と迫っていた重役達は、この窮状を自分達の胸に収めていてくれたのだ。

「早くお話しした方がよかったのですが、葬儀の席では、やはり憚《はばか》られたもので、報告が遅くなって申し訳ありません」

　そして葬儀、ということに対して気遣いもしてくれていたのだ。

「俺は……、何も知らないボンボン社長です。皆さんがそんな大変な思いをしてらっしゃることにも気づきませんでした。もう遅いとは思いますが、これから精一杯頑張りますので、皆さんもご協力お願いいたします」

「いやいや。我々も美樹也さんを軽く見てました。正直、会社を休まれた時には、社長としての自覚がないとも思ってました。だがお一人で仕事を探してらっしゃるとは、さすがです。これからは一緒に頑張りましょう」

自分をないがしろにしていると思った人々の厚意に気づくと、『上手くいかなければいいのに』なんて考えはできなかった。

実際の数字を出して細かい説明を受け、工場へ向かうと、工場の主任に手を握って「これからお願いします若社長」と言われ、その思いは強くなった。

むしろ、自分が鬼に従えば、この人達を皆助けられるのなら、という考えすら浮かんだ。

死ぬつもりだったじゃないか。

鬼に抱かれることぐらい、死ぬことよりもマシだろう。それでこの人達の生活を守れるなら、それでもいいじゃないのか？　と……。

父は秘書を持たなかったので、秘書室がないから、空木さんのための机を社長室に運び入れ、午後には渡された書類を熟読したいからと二人きりにしてもらうと、自分が何をすべきなのかがわからなくなってきた。

自分の力で立て直すべきか。

身体を売ってでも、鬼の力で安泰を得るか。

どちらが正しいことなのだろう。

「書類、俺にも見せてくれ」

「あ、はい。どうぞ」

彼は入れたばかりのデスクから離れ、俺の隣に立つと、座っている俺の頭に軽く手を置いた。

「悩んでるな」

ああ、この人の手が心地いい。

いつも俺が弱っていたり困っている時に与えられるから。

「……悩みます。皆にとって一番いい方法を自分に見つけられるのかどうか」

だからだろうか、空木さんには素直になってしまうのは。

「自分のためじゃないのか？」

「自分？　俺のことは別に」

「どうして？」

「どうしてって……。俺は、この会社のお陰で大きくなれたんです。何不自由のない暮らしは、ここの人達が働いて稼いでくれたからです。だから恩返しをしないと。自分のためには働いてもらって、彼等のためには自分が働かないっておかしいでしょう？」

当たり前のことを言ったのに、彼は目を細めて頭に置いた手で俺を撫でた。

「お前のものの考え方は好きだ。俺は……、自分の都合で生きてる人間達を多く見てきたからな。他人のことを思うのが当たり前と思う樋口は好きだ」

彼も、安藤の一族として苦労してきたのだろう。俺などよりずっと悩んだ時期があったに違い

ない。

だから老人と一緒に隠遁生活をしているのかも。

似た境遇の俺を気に入ってくれたのだとわかっていても、彼の言葉の中の『好き』という言葉だけを意識してしまう。

朝のよこしまな考えがあるから。

「俺も空木さんのこと……、感謝しています」

だから、『好き』とは返せなかった。

「側にいてくださるだけで心強いですから」

「その信頼に応えられるように頑張ろう。ほら、書類を寄越せ」

「はい」

書類を受け取ると、空木さんは自分のデスクに戻ってもう仕事に没頭してしまった。

一人だと思っていたから、差し伸べられた手にすがりついている。俺が空木さんを好きだと思うのはそういうことだ。

彼が俺を好きというのは、似た境遇の人間に親しみを抱いたというだけだ。

わかっているのに、心の片隅がざわざわした。

『好き』という言葉は、今まで自分にとって好意だった。彼女がいたことはあったけれど、結局肉体関係には至らなかったので、『恋』という言葉にも現実味がなかった。

それなのに、鬼がそういう言葉に肉を付けた。

ぼんやりとしていたものを肉感的にしてしまったのだ。

好きの先には恋があり、恋の先には肉体関係がある。そして肉体関係とは、ああいうことだと教えられてしまった。

ただショックを受けるだけの子供ではなくなっていたから、あの行為を理解できてしまえるから、突き付けられた現実が生々し過ぎる。

簡単に、『好き』なんて言わない方がいい。

思わない方がいい。

自分は気持ちもないのに、またあの鬼に奪われる日が来るのだから。

心は殺しておいた方がいい。

みんなのために鬼に身を任せなければならないのなら、誰かを望むことはきっと悲しく辛いことになるだろう。

「樋口」

「はい」

「明日は朝から取引先を回れ。時田を呼んで、そのリスト作成とアポイントメントを取らせろ」

「はい」

好きな人に黙って、他の者に弄ばれなければならないなんてことは……。

それからは、忙しい日々が続いた。

取引先への挨拶回り、銀行との打ち合わせ。

両親の納骨と法要。

現場の報告、重役会議と毎日の仕事も忙しい。

家ではキミさんにも協力してもらって、家事の基礎を覚え、キミさんが帰ると今度は空木さんと仕事についての勉強だ。

「俺もそんなに詳しいわけじゃない。山の中に籠もってて今の経済状況を熟知しているわけでもないし、経済活動ってやつには全く興味がないからな。だが、ジジイが均を教育するところは見ていた。だからそれと同じことをお前に教えてやろう」

均、というのが今の社長だから、彼は本家の跡取りの教育を側で見ていたのだろう。

安藤の跡取り教育をしてもらえるなんてありがたいことだ。

朝から晩まで一緒にいて、頼れる相手。

元々は命の恩人。

ルックスは男の自分が憧れるような、立派な体格に野性的なマスク。

出会った時は殆ど口も利かず、笑顔もなかったのに、時間が過ぎれば過ぎるほど語りかけてくれ、慰めてくれ、微笑んでくれて……。

嫌いになるわけがない。

二度に亘《わた》る鬼の来訪に怯えていたこともあり、夜、一人になるのが怖くて、遅くまで彼と一緒にいようとしたのも、二人の距離を縮めた。

「樋口は、酒は飲めるか？」

夜を二人で過ごすきっかけになったのは、そんな彼の一言からだ。

「そんなには……」

「俺は好きなんだが、目の前で飲まれるのは嫌か」

「いいえ。それでしたら、父のお酒が残ってますから、どうぞ好きなだけ飲んでください。お酒には慣れないといけないと思っていたので付き合います」

「そうか」

余程お酒が好きなのだろう。

彼の目は嬉しそうに輝いた。

初めて見せたその表情は、どこか子供っぽかった。

「おつまみ、作りましょうか？」

「そんなに豪華なものはいらないさ。出来合いのものでもいい」

「父はよく、ソーセージの缶詰なんかをつついてました。それがまだあるんじゃないかな」

「母親は料理を作らなかったのか?」

「いいえ。何でも作りました。でも、父は子供の頃に食べたソーセージの缶詰に感動したとかで、大好物だったんです。見てると俺にも分けてくれて、よく食べました」

「樋口の父親のオススメってことだな。じゃ、それをもらうか」

彼は、驚くほどよく飲んだ。

父さんはウイスキーを水割りで三杯程度、ビールなら、ビンで二本ぐらいだったのだが、彼は底無しだった。

洋酒よりも日本酒の方が好きみたいで、一本を軽々と空《あ》けた。

けれど、酔い潰れたり、へべれけになるようなことはなく、いつもより陽気になってよく喋る程度。翌朝に酔いを引きずることもない。

「家では保があまり飲ませてくれなくてな」

「保?」

「ジジイのことだ。あいつ、自分がもう飲めないもんだから、目の前で美味そうに飲まれると腹が立つらしい」

「もう飲めないって、お身体が悪いんですか?」

「年相応にな」

リビングのソファに並んで座り、俺は薄い水割りを、彼はロックで酒を飲む。

いつしかそれが習慣になった。

酒を入れるのは、自分にとっても悪いことではなかった。

仕事の付き合いで飲む機会が増えるだろうから、アルコールに慣れておくべきだとは思っていたし、鬼のことが怖くてなかなか寝付けない自分には、いい睡眠導入剤だったので。

「空木さんは、山を下りられないいんですか？　安藤の会社に入るとか」

「仕事、か。俺はジジイの側にいることが仕事だな」

お祖父さんの面倒を見ること、か。

「東京に未練とか、なかったんですか？」

「ないな。俺はあっちのが好きだ。今が一番いい季節だ」

「寒くないんですか？」

「雪が好きなのさ。お前は都会でしか暮らせないタイプだな」

「そんなことありませんよ。母方の祖母が病気で亡くなるまでは田舎の家にも行ってました」

「亡くなったのか」

「はい。安藤さんの家の近くです。だからあの近くに別荘もあるんですよ。でも、俺が都会っ子だというのはそうですね。苦労らしい苦労も知らず、この家で育ちましたから」

「それは顔に出てる」

「……そうですか？」

「揉まれたことのない、可愛い顔だ。ふわふわした感じの」

そんなふうに見えていたのか。

「最初は、単なる死にたがりの、甘えたヤツだと思ってた。何もしない、嫌なことから逃げてきただけの」

「……当たってますね」

「いや、そうじゃないだろう。暫く見ていて、お前はお前なりに頑張ったんだとわかった。ただちょっといっぱいいっぱいになって、変な形で爆発しただけだったんだな。冷静になれば、死にたいとも言わないし、他人のことを考えて、自分にできることをやろう、できることを増やそうと思ってる素直な人間だとわかった」

「……褒め過ぎです」

「褒めてるわけじゃない。見て、感じたままを言ってるんだ。もう嫌だとか、誰かやってとか口にしないだろう？　お前が何かが嫌だとは言っても、誰かのせいだと言ってるのは聞いた覚えがない。俺に頼りたいと言っても、実際頼ってきてるわけじゃない」

「勉強には付き合っていただいてます。それに、側にいてくださるだけでも嬉しいですから、十分頼ってます」

「側にいるだけでいい、か……。ジジイも昔そんなことを言ってたな。確かに、孤独は辛いもんだ」

「空木さんのご両親も亡くなったんですか？」

その質問をした時だけ、一瞬彼の顔が引きつったように見えた。

「とうの昔にな」

「……すみません、変なこと訊いて」

「別に。昔の話だと言っただろう」

「時間が経ったからって、悲しみが消えるわけじゃありません。辛かったことはいつまで経っても、思い出す度に辛くなるものだと思います」

「樋口は優しいな」

彼の腕が肩に回って、俺を軽く抱き寄せる。

同志が肩を組むような体勢だったが、人の温もりに飢えているのか、彼に寄り添われると緊張した。

抱き寄せられて身体が傾くように、心が彼に傾いてゆく。

寂しいから、心細いから、側にいてくれる人が嬉しい。

「空木さんは……、いつまでうちにいてくれるんですか？」

「お前が一人でやっていけるようになるまで、かな？」

やっぱり。

「安藤さんのところへ帰るんですか？」

「ああ。そういう約束だ。それがどうかしたか？」

「いえ……。ただいなくなったら寂しくなるなと思って」

「寂しい、か？」

「それは寂しいです。こうして一緒に暮らしてる人がいなくなれば」

変な意味に取られないように言ったのに、彼は小声でポソリと漏らした。

「……そういうのは、してないんだがな」

どういう意味なのかわからなかったが、問いかけることはできなかった。変なふうに誤解されていたと思うと怖くて、聞いていないふりをしてしまった。

「きっと、安藤さんも寂しがってますよ」

彼の手が離れ、身体も離れる。

「あいつは一人のが気が楽なタイプだからいいのさ」

それがさっきの俺の言葉を意識してのことではないかと不安になって、手酌《てじゃく》で新たな酒をグラスに注ぐ彼の横顔に目をやると、その口元には僅《わず》かな笑みが見てとれた。

よかった、と微かな笑みに安堵する。

だが、彼の態度に一喜一憂するのは危険だとも思った。

必要だと思えば思うほど、彼を失った時の寂しさが大きくなるだろうとわかっているから。

それでも、やはり俺は彼に惹かれていった。

少しずつ、少しずつ……。


仕事が忙しく動いている間、鬼は姿を現さなかった。

彼が『報酬』を受け取るだけの進展がないせいだろう。

会社はまだまだ安定してるとは言い難く、一つ問題が片付けばすぐに次がやってくる。

やる気だけはあっても、所詮《しょせん》つい先日まで平社員としての仕事しかしてこなかった自分に、大きなことができるわけではない。

結局は時田さん達重役を頼るしかない。

彼等は、俺を認めてはくれたけれど、それは今すぐ社長として崇《あが》めるという意味ではなく、将来何とかなりそうだというものなのだ。

だから、仕事を終えて帰ってくると、いつも自己嫌悪に陥った。

今日もまた、何もできなかった、と。

そんな俺に、空木さんは優しい言葉をかけてくれた。

本人は優しいつもりではないのかもしれないが、俺にとっては癒やされる言葉を。

よくやってる、頑張っている、見直した。前向きでいい、努力してる。

結果が出なくても、一生懸命にはやっている。だが、実社会に出ると、努力とは結果が出て初めて認められるもので、結果に結び付かないものはやらないのと一緒だ。

けれど、彼は小さなことにまで気づいてくれた。

昨日よりも今日、できるようになったことを、トライしたことを、ちゃんと見ていてくれた。

それが嬉しくて、空木さんが見ていると思うと頑張れた。

彼に認めてもらいたいと、時折振り向いて彼の視線を気にしていた。

いつも、意識が空木さんに向いてしまう。

彼の視線に、行動に、言葉に、気持ちが向けられる。

頼ってはいけないという自制は利いても、彼を気にすることは止められない。

会社では、顔を上げて視界に彼の姿を捉えると安堵する。

家でも、彼の気配を感じるだけで気持ちが落ち着く。

このまま、ずっと一緒にいられたら、と何度も思った。

学生時代の友人が心配して連絡を取ってくれ、一緒に飲みに出掛けても、気になるのは『今頃空木さんは何をしているだろう』ということばかりだった。

遊び歩いていると思われないだろうか?

こうしている間に姿を消してしまわないだろうか?

一人でまたお酒を飲んでいるのだろうか?

寂しさを感じてはいないだろうか？

友人は、何かあったらいつでも頼ってくれと言ってくれた。

元気を出せよと慰めてもくれた。

社長になったら大変だろうとも気遣ってくれた。

けれど、その言葉を聞いても、喜びは薄かった。

俺が彼等とは違う立場になってしまったことで、どこか距離を置かれている気がしたし、本当に頼ったら困るのだろうな、という気配を感じるから。

彼等が悪いわけではない。

自分が平社員から社長になって、それぞれに抱える悩みが違うのだと知ったからだ。

社員の時は、与えられた仕事が上手くいかないことを悩むだけだった。

どうやって休みを取るかとか、次は何を言われるのだろうと不安に思うだけ。

けれど上に立つと、次に何を命じればいいのか、その言葉の責任をどうとればいいのか。自分の背中に覆いかぶさる社員達の生活をどうしようとか、銀行への返済計画をどう立てようとか。

それを友人に相談すれば、『俺にはわからないな』という返事しか返ってこないことがわかっている。

自分だってそう答えるだろう。

でも、空木さんなら答えをくれる。

わからないなら、一緒に考えようと言ってくれる。

隣に立とうとしてくれる友人より、背を見せて前をゆく人に心が惹かれる。

親という保護者を、社長という指導者を失ったからなのだろうか？

それとも、空木さんだから……？

友人と別れて戻った家に明かりが灯《とも》り、ドアを開けるとそこに空木さんがいることだけでほっとする。

「ただ今戻りました」

と言うと、愛想のない顔で「おう」としか返さない。

酒を飲むと上機嫌になるが、普段は無表情で言葉は少ない。

仕事の話をする時には、容赦はないが、成果だけでなく工程もちゃんと見ていてくれる。

両親の死と、仕事の重責と、鬼の恐怖と。

様々なマイナスの面を全て彼が埋めてくれる。

「空木さん」

と、名を口にするだけでまたほっとする。

危険な、感じがした。

彼を好きになってゆくのがわかるから。

色んな理由をつけて、これは『恋』じゃないと言っても、『彼』じゃなくてもよかったんじゃないかと思っても。

現実、空木さんが好きで、気になって、見てもらいたいと思う気持ちが止められない。

キ・ケ・ン。

頭の中で警報が鳴る。

『好き』の先に『恋』、『恋』の先に『肉体関係』。

自分の気持ちは『好き』で止めないといけない。

なのに、頭の中をあの温かな手が触れたら、鬼の冷たい手よりも心地いいかもしれないなんて考えが過《よぎ》る。

空木さんにはその意識がないから、気軽に俺に触れる。

俺になど、どう思われようとかまわないからか、厳しいことも言う。

そんな彼の態度に心が揺れる。

鬼が姿を見せないから。

空木さんが側にいるから。

まだ欠けている心があるから。

俺の気持ちは急速に空木さんに傾いていた。

戸惑うほど、急速に……。

「例の安藤のパンフのお陰で、新しい仕事に繋がりそうです」

その日、営業部長は期待に満ちた報告を上げてきた。

空木さんが安藤から紹介してくれた個展のパンフレットは、かなり個性的に仕上がった。

急ぎの仕事だったが、アーティストはこだわりの多い人間で、表紙は凹凸加工が欲しいとか、パンフレットの形を特殊にして欲しいとか、果ては巻末には飛び出す絵本のような仕掛けを作りたいと言いだしていた。

この仕事が次に繋がると信じていた営業部長と現場の責任者は、その全てを呑んでパンフレットを作り上げた。

クライアントが喜んだのもさることながら、その一冊を持ち歩いて新しい仕事を探そうとしたのだ。

うちはこんな凝ったこともできますよ、と。

美術印刷の域だったので、仕上がりは完璧、見本としては自信作だった。

紙の印刷市場は縮小している。だが、開拓する余地がないわけではない。

ただものを印刷するだけではなく、紙で何かを造り上げるための印刷というものもある。紙以外のものに印刷することも。

父が亡くなる前に設備投資した新しい機械がその役に立った。

最初は小さな仕事でもいい。

他所《よそ》がやらない珍しい仕事を受けよう。そしてそれが樋口印刷でなければ、というものに変われば、他社と競合することなく安定した仕事ができるだろうという気持ちが、皆に生まれた。

結局、ここでも動きだしたのは俺ではなく、現場の人間だったのだが……。

「アザー・クラフトという新しく参入してきた芸能プロダクションなんですが、今まで外注だったグッズを自社で製造したいということで、その印刷を受注できそうなんです。下敷きやポップ、ポスターやカレンダーなんかを一括して刷れるところがいいそうで。上手く契約できたら、まとまった仕事になりますよ」

「こっちから印刷物の企画なんかも持ってってみたらどうでしょう？　うちで刷れそうなものをピックアップして提案するといいかも」

「営業にアイドルオタクがいるんで、今させてます。近いうちにいい返事を持ってこられるようにしますよ」

「……はい」

勢い込んで提案したことも、既に考えていると言われ、少しヘコむ。

安藤から続いて大きな仕事が入ったわけではないが、安藤というツテがあるというだけで、皆の士気は上がっていた。

それを喜ぶと同時に自分の無力さを感じる。

みんなが頑張ってるのに、自分は何にもできないんだなあ、と。

少し落ち込みながら家へ戻ると、夕食の最中に突然携帯電話が鳴った。

俺のではない。

空木さんのだ。

「はい？」

彼の電話が鳴るのは初めて見た。

誰からだろうと思ってつい耳を傾けると、「ああ、均か」という声が聞こえた。

相手は従兄弟の均さんらしい。

「何だって？　それで今は？　……ああ。寿命じゃなきゃできるだろうな。……わかった。すぐに行こう」

寿命、という言葉に俺の箸も止まった。

……何だろう？

「いや、いい。自分で行く。向こうで会おう。人は下げておけ」

空木さんは電話を切ると、立ち上がった。

「悪いが、出掛けてくる。今夜は戻らないかもしれない」

「何かあったんですか？」

「ジジイが倒れたらしい」

「え……！」

あのおじいさんが？

「意識もあるし、大したことはないと思うが、ちょっと行ってくる」

「あ、はい。タクシー呼びましょうか？」

「いや、いい」

彼はすぐに部屋へ戻り、上着を取ってきた。

「お大事に、と伝えてください。俺にできることなんかないと思いますけど、何かあったら連絡ください」

「身内でもないのに心配してるのか？」

「当たり前です。俺にとっても大恩人です。何でもします」

俺の言葉に、彼は探るような視線を向けた。

「真剣に言ってるようだな……。わかった、心配してたと伝えておこう」

「安藤さんが、仕事を紹介してくれたから心配なんじゃないです。俺を優しく迎えてくれた人だから恩人なんです。だから、安藤さんが困ってる時に何かできるなら、今度は俺がしてあげたいんです」

彼が利害関係で心配を口にしていると疑ったわけではないだろうが、そう思われたくなくて補足した。

サンタのようなあのおじいさんが優しく迎えてくれたから、今自分はここにこうしていられるのだ。あの人がもし大金持ちでなかったとしても、ただの老人であっても、この気持ちに変わりはない。

「独りになるのが寂しいか？」

「え？」

「そんな顔をしてる」

「そんなことは……」

「出たな、『そんなことは』。お前は甘えベタだからな。寂しかったら寂しいと言ってもいいんだぞ」

言えるわけがない。

彼の指摘が真実であっても、これから身内のために駆けつけようとしている人を足止めするような言葉なんて。

「大丈夫です。俺のことなんか気にしないで、安藤さんのことだけ考えてください」

だから強がってそう言うと、空木さんは振り向いて俺を強く抱き締めた。

慰めるようにそっとではない。包み込むようにしっかりと、腕は俺を抱いた。

「あ、あの……」

嬉しいけれど、突然の行動に戸惑う。

「なんでだろうな。お前を置いていきたくない気分だ」

「……子供扱いしないでください。大丈夫です」

「子供扱い……。そうか、子供か。俺は子供を持ったことがないからな」

納得したというように頷くと、彼は腕を緩めた。

「戸締まり、しとけよ。できることが終わったら、すぐ戻るから」

たった今緩めた腕にもう一度力を込めて抱き締めると、彼は身体を離した。

玄関のドアを開け、そのまま夜の中に飛び出してゆく。

「……びっくりした」

ドアが閉まって彼の姿を隠すと、俺はほうっとため息をついた。

心臓がドキドキしている。

突然あんなことされたから。

彼に抱き締められるのはこれが初めてではない。肩だって抱かれたことはある。なのにこんなにドキドキするのは、あんなに強く抱き締められたのが初めてだからだ。

大きくて、温かくて……。

まだ感触が残っている自分の腕に手を重ねる。ここに彼の腕があったのだ、と。

それだけで、また胸が熱くなる気がした。

いや、そんなこと、感じてはいけない。

俺は玄関に背を向け、途中だった夕食の席に戻った。

夕食の支度が終わってキミさんは帰っていたので、これで家には自分一人。

食器のカチャカチャいう音が、やけに響いて食欲がなくなり、少し残してしまった。

途中だった空木さんの食器と共に片付け、早々に風呂に入ってパジャマに着替えてリビングのソファに身を沈める。

静かな夜。

同じ屋根の下に誰もいないというのは、どうしてこうも寂しいのだろう。

会話を交わさなくても、顔を見ていなくとも、『家に誰かいる』というのは安堵を生む。

両親が亡くなり、独りで過ごしていた夜がふいに蘇《よみがえ》った。

誰もいない。

これから先ずっと、この状態が続く。

被さってくる重責に押し潰される。

全てに不安を覚え、逃げ出したあの夜。

……いや、今はあの時とは違う。

鬼の言葉通り、叔父達はあの後一切の連絡を断った。

会社では、重役達と和解したし、彼等の事情もわかった。仕事は順調で、先の展望もある。

何より、今は空木さんがいるではないか。

今夜は出掛けてしまったが、彼がここに一緒に暮らしてくれている。

けれど……。

彼が帰ると言ったら？

自分のやるべきことは終わったと、引き揚げてしまったら？

いや、そうでなくとも、安藤さんの容体が思わしくないから、やはりお祖父さんの側に戻ると言ったら？

今感じている孤独は一時的なものではなくなるのだろう。

彼と俺との接点など、何もない。

彼が出ていったら、たまに呼び出して会うことはできたとしても、もうこんなふうに近くで時間を過ごすことはなくなるだろう。

そう思った途端、足下が崩れるような感覚に襲われ、俺はソファに倒れた。

息が苦しくなるほどの不安。

空木さんがいてくれて、やっと保っていた平静は簡単に崩れてしまう。

相談する相手が、見ていてくれる人がいるというのは、とても大切なことなのだ。

いや、空木さんがいるということが、大切なのだ。

他の『誰か』ではなく、彼にいて欲しい。

孤独を感じても、もう『誰か』を呼ぼうとは思えなかった。頭の中には空木さんの顔しか思いつかない。

最初から、彼だった。

何かを求めるのではなく、押し付けるのでもなく、己を優先させるのでもない。遠くから言葉をかけるだけでもなければ可哀想という言葉を口にして涙するだけでもない。

そういう人間ならば他にもいた。

でも空木さんは、違っていた。

自分と接して、少しずつ変わっていった態度。

甘やかすのではなく、命令するのではなく、指導してくれて、寄り添ってくれていたのは、彼だけだった。

彼自身はただ安藤さんに言われたからというだけなのかもしれない。でも俺にとっては、特別だった。

振り返れば彼がいるということだけで得ていたものが、彼がいなくなれば失われる。

わかりきった事実に、身体が震えた。

彼が好きだ。

彼が必要だ。

「携帯電話の番号も知らないのに……」

彼が携帯を持っていることは知っていたが、番号は交換していなかった。あの山荘の電話番号すら、聞いていなかった。

彼が離れたら、自分から連絡を取る方法すらない。

そのことが更に俺を怯えさせた。

会社の重役達が悪い人ではなかったと思っても、彼等が見ているのは『若き社長』なのはわかっている。

生活の基盤が違う友人達には頼ることはできない。

空木さんだけが、何の肩書きもない自分を見てくれてる。

いいや、それは幻想だ。

寂しいから彼を『いい人』に仕立て上げてるだけだと言い聞かせても、それのどこがいけないのかと思ってしまう。

きっかけは寂しかったからだとしても、今は彼でなければならないと思っているなら、これはもう誤解でも何でもないと。

人が恋に落ちる瞬間は、何と理不尽なものなのか。

俺は起き上がり、ふらつく足で自分の部屋へ向かった。

たった今見送ったばかりでこんなにも孤独を感じてる。

それだけ彼の存在が大きかったのだと思い知る。

だからといって、何をしたら彼を引き留められるのだろう？

俺には、何もできない。

何一つ、自分にできることはない。

その現実が、辛かった。


翌日、俺は一人で出社した。

空木さんからの連絡はなく、家に『会社にいます』というメモを残し、朝やってきたキミさんに事情を話し、空木さんが帰ってきたら電話をくださいとお願いして。

本当は、彼が戻るまでずっと家で待っていたかったが、社長という立場がそれを許さなかった。ただでさえ何もできないのに、個人的な理由で休むなんて。

出社すると、空木さんの不在が予想以上に自分に不安を与えていることを痛感する。

「彼は休みですか？」

と時田さんに尋ねられるだけで、安藤とのパイプは大切にしてくださいと言われている気分になる。

山積みの書類に目を通していて、幾つかの決裁をしても、これで本当にいいのかと不安になってしまう。

いつもなら、彼を見るだけでよかった。これで大丈夫かと尋ねようか悩みながら、こんなことで一々訊くなと言われるのが怖くて、自分で納得するまで考えてから答えを出していた。

実際にチェックしてもらったこともある。

この人に恥じないように、と思うだけで強くなっていたのに、その相手がいなくなると、何もかもが不安定になってしまう。

携帯電話を何度も取り出し、キミさんからの着信がないかと確かめた。

トイレに立っても、すぐに社長室の電話の前に戻った。

でも、誰からも連絡はなかった。

昼食時になっても連絡はなく、もし食べに行ってる間に電話が入ったらと思うとその場を離れられなくて昼食は抜いてしまった。

食欲もなかったし。

午後になってから、時田さんを連れて営業部長がやってきて、満面の笑みで言った。

「取れました、アナザー・クラフト。一年契約です。毎年更新という条件ですが、ポカがなければ継続できるでしょう。コンサートグッズも全部、うちでやることになりました」

「……それは、凄いですね」

「ええ。これで暫くは安泰です。専属のチームを作って対応します」

胸を張る営業部長の横から、時田さんも身を乗り出した。

「それともう一つ。安藤から連絡が来ました。新雑誌の印刷をうちに任せたいそうです。月刊誌ですよ」

「定期的な仕事ですか」

「そうです。一山越えましたな。私は早速銀行へこの一件を報告に行ってきます。銀行もこれでうるさく言わなくなるでしょう」

意気揚々としている二人を前にして、俺は足元が冷たくなるのを感じた。

「……そうですね」

その時が来る。

「もう会社は安泰ですよ。頑張りましたね、美樹也さん」

その時が来る。

「いいえ、まだです。まだ見込みだけですから」

「ですな。すぐに契約に向かわないと」

「まだ、会社は安泰じゃありません」

「はは、そう悲観的にならなくても、もう大丈夫ですよ。二つも定期の仕事が入ったんですから。それも小さくない仕事です。それでは、我々はこれで失礼します」

俺に相談することなどない。俺は報告を受けるだけだから、二人はすぐに部屋を出ていった。

ぎゅっと握り締める拳。

「……まだ、だ」

早過ぎる。

「まだ全然大丈夫じゃない。安泰じゃないのに……」

望みが叶ったら、鬼が来る。

会社が上手くいって、みんなが不安を感じなくなること。親戚と縁を切って、静かに自分の家で暮らすこと。自分が、みんなの期待に応えられる人間になり、両親の死を悲しんで、思いっきり泣くこと。

それが自分の望み。

親戚との縁は切れた。

両親の死を悲しんで泣いた。

みんなが今、社長としての自分の期待し、俺が社長でいることを認めている。

ここまでは叶ってしまった。だから、鬼は来た。

でも、会社が上手くいって、みんなが不安を感じなくなることは叶っていなかった。

なのに、最後の一つが今、叶おうとしている。

俺は空席になっている空木さんのデスクを見た。

今夜……、来るかもしれない。

全てが叶ったら、俺は鬼のものにならなければならなくなる。

それが具体的にどういう意味なのかはわからないが、また鬼が自分を求めてくるであろうことはわかっていた。

そして今夜こそ、女のように抱かれてしまうであろうことも。

「いやだ……」

いっそ自分一人の身体で済むならばと思ったこともあったが、もうそうは思えない。

空木さんが好きだと自覚した今、鬼に自分を差し出すことなどできない。

けれど、鬼は俺の言葉を奪ったように、この身体も自由にするだろう。奴が現れたら、逃げることはできない。

あの冷たい手に、蹂躙《じゅうりん》される。

想像しただけで、ぶるっと身体が震えた。

「いやだ……。絶対嫌だ」

嫌な汗を額《ひたい》に滲ませ、俺はうわ言のように繰り返した。

「いやだ……。いやだ……」

呟いても何も変わらないとわかっていても。

訴える先がなくても。

「いやだ……」

それが自分の意思であることを確認するように。

退社寸前にキミさんから、『空木様がお戻りになりました』と連絡が入った。

だがもう退社時間だったので、すぐに帰るから出掛けないで欲しいと伝言して、真っすぐ家に戻った。

家に着くと、空木さんはキミさんとキッチンで話をしていたが、俺の気配に振り向いた。

「安藤さんは？」

「おかえり。ジジイは無事だぜ」

「よかった……」

醜い自分。

送り出した時には心底安藤老人を心配していたが、今は、老人に何かあったらこの人がいなくなると思って容体を訊いている。

「血圧が高いのに友人が訪ねてきたのが嬉しくて酒を飲み過ぎたらしい」

彼は笑っている。本当に大丈夫なのだろう。

「それじゃ、お夕飯の支度は終わりましたので、私はこれで」

キミさんは前掛けで手を拭きながら、俺に会釈した。

「空木様がいらしてから、早く帰れるようになって大助かりです。申し訳ないくらいですわ」

「そんなこと思わなくていいですよ。キミさんには長く来て欲しいですから、無理はしないでください」

「まあ、そんな優しいお言葉を。ありがとうございます」

実際、世話を焼く対象が俺一人となって、彼女の仕事は大幅に減っただろう。拘束時間も短くなっている。

それでも、俺は彼女に同じ給料を支払い、雇い続けていた。

いつか、空木さんもいなくなったら、ここを訪れる人がいなくなるのが怖かったから。

臆病で打算的なのだ。

そして今も、頭の中で計算してる。

自分の都合だけで。

キミさんを送り出す。

夕飯のセッティングをする。

向かい合って食事しながら、安藤老人の容体を訊く。

片付けをするからと、彼に風呂を譲り、彼が出てから自分も入る。

リビングのソファに並んで座り、彼のために酒を出し、今日二つの契約が決まったことを彼に報告する。

「これで会社も安泰だな」

彼は、笑いながら時田さんと同じことを言った。

「空木さんはそう思います？」

「均は、これから他の仕事も回すと言ってた。だから安泰だ」

「それじゃ、空木さんは山へ帰ってしまうんですか？　安藤さんとの約束は、俺が独り立ちできるまで、ということでしたから」

「そうだな……。もう少しいてもいい」

「でも、終わったとは思ってるんでしょう？」

「まあな。お前も社長の心構えはできたようだし、会社の人間とも上手くやってる。叔父さん達は来なくなったし、仕事も順調。この家でゆっくりくつろぐこともできるだろう？」

空木さんも、これで一段落と思っている。

それならば、今夜鬼は来るだろう。

俺がどんなに『まだ』と思っても、周囲の人間が『終わった』と思うのなら。鬼は訪れ、俺を抱く。

這い回る冷たい指の感触が蘇る。

快楽という苦痛。

「どうした？　樋口」

一瞬固まった俺を気遣って触れる手。

「この世の終わりみたいな顔をしてるぞ？」

この世の終わり……。

好きだと自覚した人と同じ屋根の下で、他の男に抱かれなければならないことは、世界の終わりに等しいに違いない。

明日の朝、俺はこの人の前に、どんな顔をして立てばいいんだろう。

セックスというものに免疫がないから、鬼の手でもイッてしまった。挿入《い》れられたら、絶頂の声を上げるかもしれない。『いい』と思ってしまうかもしれない。

しないと心に決めても、経験したことがないことに対して確証はない。

「樋口？」

そうしたら、俺はこの人の目を見られるだろうか？

「俺は……、空木さんが好きです」

言ってはいけないと思っていた。

頼ってはいけない、と。

この人には帰る場所があるのだ、と。

でも身勝手な俺は、自分が追い詰められると、そんな決意を全てなかったことにしてしまう。

「ああ、ありがとう」

「とても、好きなんです」

緊張して、指先が冷たくなる。

言わない方がいいのではないかと、まだ迷いがあった。でも今言ってしまいたかった。明日ではもうその言葉を口にする権利がなくなってるから。

鬼に奪われた後では、気持ちを伝えることすら罪悪だ。

「空木さんと、ずっと一緒にいたい」

「……『俺』は何もしてやれないぞ？」

「何かをしてもらいたいんじゃなくて、側にいてくれるだけでいいんです」

「何故？」

「あなたが……好きだからです」

「好きって……」

空木さんの顔に驚きが浮かぶ。

俺の『好き』の意味を理解して。

「お前は……、男同士でそういう関係になるのを望む人間じゃないだろう？」

「確かに、俺は元々同性愛者じゃありません。でも、あなたは別です。おかしいことを言ってるのはわかってるんです。それでも、どうしても、俺は……、今夜あなたに抱かれたい」

口にしてから、羞恥《しゅうち》と己の愚かさに目眩《めまい》がした。

でも言わないと。

これが最後のチャンスだから。

「空木さんにその気がなくてもいいんです。俺があなたを好きだから。憐《あわ》れと思ってでもいいんです。一度だけでいいんです。どうしても今夜……」

「何故だ？」

真実を言えば、願いを叶えてくれるだろうか？

だめだ、言えない。

既に二度も好きでもない相手に弄ばれてるなんて。しかも自分から言いだしたわけではないけど、願いを叶えてもらうのと引き換えだったなんて。言えるわけがない。

「辛い……、ことがあるんです。逃げられない辛いことが。考えるだけでも苦しくて死にたくなるようなことが。でも俺はもう死なないって決めたから。死んではいけないって思うから。どんなに辛くてもそれを我慢しなくちゃならない」

声が震える。

「だからせめて……、一番好きな人に抱かれたい」

涙が溢《あふ》れる。

「死にたいほど辛いこと……か？」

「何なのかは訊かないでください。でも、嘘じゃありません」

「なのに俺がいいのか？」

「あなたが好きなんです」

もう伝わってるのに、馬鹿みたいに繰り返す。理由が、それ以外にないから。

「何も望まないのに、お前を差し出すのか？」

「何も望みません。……本当は好きになって欲しいけど、無理なのはわかってるから」

「快楽が欲しいのか？」

「違います！　……快楽なんて、欲しくない」

気持ちいいからいいだろうと、抱いた鬼。

人と身体を重ねるというのは、そういうものじゃないはずだ。何度も経験して快感を求めるようになったらそう思う人もいるのだろうが、少なくとも俺は違う。

たとえ童貞の甘い考えと笑われても、俺は好きな人と触れ合う。そのことだけに喜びを感じたい。

「嫌なら……、嫌と言っていいです。その方が諦められる。ただ何もなかったことにはしないで、返事をください」

顔を上げることもできず、握った自分の拳を見つめる。

小刻みに震える手は、力を入れ過ぎて痛かった。

「快楽のためでなく、男に抱かれる……。何もしてやらなくても、『俺』がいい……」

隣で、独り言のように彼が呟いた。

「……せずに……捧げ……。……好き？」

そして黙ってしまった。

自分の息遣いだけが耳を覆う。

沈黙に耐えられなくなって横目でそっと彼を見ると、空木さんはむっとした表情で唇を引き結んだまま、何かを考えていた。

ああ……、だめだな。

少しでも可能性があれば、それを口にしてくれていただろう。悩むということは、彼にその気がないということだ。

彼の悩みは、俺に応えるかどうかではなく、どう断るかなのだ。でなければ、一度ぐらい俺を見てくれただろう。

「……言ってください。何でもいいから」

洟《はな》を啜《すす》りながらもう一度求めると、彼はハッとしたように俺を見た。

「待ってくれ。よく理解できないんだ。返事はもう少し待ってくれ」

「今……、欲しいと言っても?」

夜を過ぎれば鬼が来るのに。

「もう少しだけ待ってくれ」

無理強《むりじ》いすることはできない。

これが結末だ。

「……わかりました」

俺は目を擦りながら立ち上がった。

「変なことを言いだしてすみませんでした。おやすみ……なさい……」

賭けに負けた。

ただそれだけのこと。

俺は『好きな人と幸せになりたい』なんて願いは、鬼に頼まなかった。

これは作為も仕掛けもない、正当な結果だ。

だったら、受け入れないと。

死にたいとさえも思ったあの雪の夜から比べれば、ずっといい状況になった。それでいいじゃないか。

当然だった愛情を失ったあの時と、やっと自覚した新しい愛情を失った今。

彼が、俺を甘えベタと言ったのはそうかもしれない。泣いてすがって『愛して』と言えば、彼も少しはほだされたかもしれないが、それが空木さんを苦しめるとわかっているからできない。

泣くのは一人の方がいい。

きっと今夜、何も考えられないような酷い目に遭うだろう。

それで頭を空っぽにして、彼を好きだという気持ちをリセットしよう。もう自分にはその資格がないから、彼を想ってはいけないのだと言い聞かせよう。

だが……。

その夜、鬼は現れなかった。

そして翌朝、空木さんは『すまん』という短いメモだけを残して、姿を消した。


馬鹿なことをしたな、という後悔で頭がいっぱいだった。

けれど、空っぽになってしまった方が、仕事に集中できた。

「空木さんは今日も休みですか？」

と問われた時も、平然とした顔ができた。

「お祖父様で会長の安藤老人の体調が優れないそうで、ご実家に戻られたよ」

「そうですか。でも、契約は無事終了しましたから、もう彼がいなくても問題はないでしょう」

空木さんを金づるのように言う言葉を不快に思っても、それを聞き流すこともできる。

「今回の契約書の説明と、事業計画を報告させてください。俺もちゃんと全てを把握しておきたいので」

「しかし美樹也さんには……」

「今の自分がその器《うつわ》ではないことはわかっていますが、飾り物の社長にはなりたくないんです。

それでは意味がない」

そうだ。

自分がここで生きているのは、鬼の相手をし、空木さんを諦めたのは、父の跡を継いで立派に社長を務めるためだ。

そう思うしかないではないか。

「わかりました。ではご説明します」

しっかり働こう。

みんなのために働こう。

一人でもちゃんと立っていよう。

そうすれば、今日までの悲しみや苦しみはそのためだったと思える。

求めてはいけないことを求めた。孤独はその罰だ。

人ならぬものに望みを叶えてもらおうとしたり、自分が苦しいからといってその素振りもなかった人に愛を求めたり。

身勝手で、見苦しいじゃないか。

だから、この結果を受け入れるしかないんだ。

悲しみは、石筍《せきじゅん》のように、ポタポタと溢れ出し、塔を築く。

自分にできることはただそれを黙って眺めているだけだ。

働こう。

働かなくては。

何もかも忘れて、身体を、頭を動かし続けよう。

そうして、空木さんが姿を消して初めての土曜の夜、意外な人物が家を訪ねてくるまで、俺は空っぽのまま忙しく動き続けた。

一人の夕食。

毎日、鬼がいつ現れるかと怯えながら、することもなく過ごす時間。

来客の予定のない時間に鳴ったチャイムに、俺はインターフォンのモニターを覗き込んだ。

門灯に映し出された姿は見覚えのない、グレイのスーツを着た眼鏡の男性だった。

「はい。どなた？」

『安藤です』

「安藤……？」

『安藤均、と申します』

「あ」

俺はもう一度モニターに映った男性を凝視した。

確かに、その顔は以前ネットで見た若き安藤グループの総帥だ。

「どうぞ、お入りください」

慌てて返事をし、玄関まで迎えに出る。

ドアを開けると、俺よりも年上の、落ち着いた印象の男性が立っていた。

「初めまして、夜分遅くに失礼いたします」

「初めまして。こちらからご挨拶に伺うべきでしたのに、申し訳ありません。そちらのお祖父様やお従兄弟様には色々とお世話になりまして」

彼は、洗練された笑みを浮かべた。

早くに両親を亡くしたのは同じだが、風格が全く違う。

彼は覚悟と責任を持って、今の立場にいるのだというのが、全身から滲み出ている。

「入っても？」

「どうぞ」

俺はリビングへ彼を案内し、ソファを勧めるとコーヒーを淹れた。

さっき見た時、彼の背後に車が映っていた気がしたので、酒ではない方がいいだろう。

いつも、空木さんと隣同士で座っていたソファに、向かい合って座る。

安藤さんは、カップに手を伸ばさず、口を開いた。

「会社の方は、安泰のようですね？」

「お陰様で、何とか。今回は本当にお世話に……」

「祖父のわがままです。こちらこそ、付き合わせてしまって申し訳ない」

「いいえ。本当にこちらがご迷惑をおかけしただけで……」

「樋口さんは、まだ二十代でしたね？」

「はい。今年で二十三です」

「お若いですね。だとすると、私の話に耳を傾けてくださるかどうか」

若い、と言われても、安藤さんもまだ三十代、そんなに世代が違うとも言い難いのに。

「祖父の山荘には行かれてるんですよね？」

「はい。ご存じだと思いますが、あちらで……、拾われました」

手を貸してくれるというのだから　事情は全て知らされているだろうと、正直に口にする。

だが彼はそれをさらりと流した。

「あそこは、五十年ほど前まで、山林でしてね。建材のためにと思って買ったんだそうです。でも、結局材木を切り出すのに経費がかかり過ぎて放置してたのを私が生まれて暫くしてから切り開いて別荘にしたんです」

「……はあ」

「あそこいらには大昔に小さな集落があって、山津波で全滅したんです。その村に、鬼の伝説があったそうです」

突然『鬼』という言葉が出て、背筋にピリッと電気が走る。

「鬼、ですか？」

「山岳地方にはよくある話です。山には鬼が棲《す》んでいて、自然災害は皆、その鬼の仕業だ、というのでしょう。村人は鬼の存在を信じ、恐れ、災害が続いた後、鬼に貢《みつ》ぎ物を捧げる。人柱とでもいうのか、それとも生《い》け贄《にえ》かな？」

安藤さんは、無表情で、淡々と語り続けた。

「我々現代人なら、非科学的なことを、と一笑に付すでしょう。だが、時に不可思議な現実というのはあるものです。鬼は実在し、捧げられた子供を面白がって自分の後釜として育てた。生け贄の子供が鬼になったのです」

「はぁ……」

「祖父があの別荘を建てた時、土砂の中からその鬼を掘り出した、と言ったら信じますか？」

「え？　あの……」

「白髪の、鬼です」

白髪の鬼……。

まさか、あの……。

「祖父は、最初死体が埋められているのだと思ったそうです。だが、埋められていた男は目を開けた。祖父は古い人間ですから、その男が『自分は鬼だ』と言うのを信じました。そこで彼を手元に置いたのです。そのすぐ後に、私の両親が事故で亡くなりました。祖父は父に事業を譲って引退するつもりでしたが、その父がいなくなったことで、周囲の人間は父が座るはずだった椅子を狙って争い始めた。嘆いた祖父は、鬼に言ったそうです。息子夫婦を生き返らせて欲しい、と」

「それで……、生き返ったんですか？」

「いいえ。死にそうな人間を助けることはできても、死んだ人間を生き返らせることはできないそうです。そこで今度は、別の頼みをしました。自分が死ぬまで、自分と、孫である私に不自由のないようにして欲しい、と。仕事も順調に、事故にも遭わないように。敵対者を妨害し、成人したら私が会社を継げるように。その代わり、鬼がこの時代で生きてゆくのに必要なものを全て揃えよう。誰かに『皆のために死ね』と言われることも、土に埋められることもないようにしようと」

息が苦しい。

この人は、何を言おうとしているのだろう。

安藤老人は、あの鬼と契約した？

安藤グループの安泰や、若き総帥に反対者がなかったことが鬼のお陰？

この人達はあの鬼が実在してると思っている？　……いや、知っている？

「安藤さん……」

「『彼』は、私が物心ついた時から、我が家にいました。祖父の傍らで、祖父の仕事を覚え、祖父が望むことを叶えました。どこの会社が危ないとか、取引はここがいいとか。株価の上下も予言しました。私にとっては、身内と言ってもいい。小さい頃は可愛がってもらいましたよ。子供は好きなようで」

あの鬼が、安藤さんを可愛がるなんて、想像もできない。

「だが所詮は鬼だ。外見を祖父の指導を受けて普通の人間のようにしたり、知識を得たりしても、彼は齢を取らず、コミュニティに所属することができない。彼が知っているのは、ビジネスの世界の人間と、祖父と私ぐらいです。だから、彼は人の感情には疎く、理解しきれない。現代風に言うと、コミュニケーション障害です」

「外見を普通の人……？　あの白い姿が？」

思わず口にすると、彼は眼鏡を指で押し上げた。

「いいえ。あれが鬼の姿です。人前に出る時には、黒髪にさせます。短く切って」

黒髪……。安藤の身内……。

「まさか……！」

ハッとして思わず身を乗り出した俺に、彼はそれまでと同じ、落ち着いた声で言った。

「空木霙一は私の従兄弟ではありません」

「嘘だ！」

「一緒に埋められていた木片には、空木童子《どうじ》とありました。霙一の名は祖父が付けたのです。霙というのは雪を表すそうで、白い彼に合うだろうと」

「……嘘です」

あの鬼が、空木さんだなんて、あり得ない。

外見だって違う。それを鬼の力で上手く変化したのだとしても、性格だって違う。

鬼は、俺を無理やり抱いたのだ。優しさのかけらもなかった。俺の言葉を聞いてもくれなかった。あんなに嫌だと言ったのに。

「空木は、親子の情は知っていますが、友情や恋愛感情には疎い。彼が言うには、そんな感覚は昔にはなかったそうですし、彼自身、生け贄として捧げられたのはまだ少年の頃だったので。彼にとって、私や祖父は契約の対象者で、親しくするのは契約があるからとのことでした。私はまあ、叔父とも兄とも思っていたのですが」

空木さんが鬼のわけがない。

だったら、何故、俺が抱いて欲しいと言った時にそれを遂げなかったのか。

それが彼の望みだったのだから、うまうまと手を出せばよかったではないか。

「取引もない、何も与えることのない『霙一』が望まれる理由がない、というのが彼の考えです。ですが、あなたは『鬼』ではなく『霙一』を好きだと言ったそうですね？」

誰にも知られたくない気持ちを口にされて、顔が赤らむ。

「彼は混乱していました。与えるものがあって、初めて受け取るものがある。だが、何もいらないのに与えようという者は、彼の頭の中には存在していないんです」

「……彼を、忘れろと言うんですね？」

「いいえ」

「『いいえ』?」

「先日、霙一が私のところに来て、契約を履行できないから、手を貸して欲しいと願い出ました。彼とは長い付き合いですが『頼む』と言われたのは初めてです」

「俺の面倒は見れない、ということですね……」

「そうです。鬼の彼としては、樋口さんの前に姿を見せず、あなたの願いを叶えるつもりだったようです。ところが、もう一人の契約者である祖父からあなたの側にいて手を貸すように言われました。あなたの側にいたのは、祖父の契約の中の一部だったのです。祖父が満足するようにしてやる、という。けれど、霙一はあなたの側にいたくないと言いだしました」

まだ話の全てを受け入れたわけではなかったが、空木さんが俺の側にいたくないと言ったという言葉に胸が痛む。

「どうしたらいいのか、わからなくなったそうです。この際、歯に衣着せず言いますが、彼はあなたに性欲を満足させることを条件にしたようですね?」

それには返事ができなかった。

羞恥で顔を熱くすることが肯定になっても。

「当然ながら、あなたは嫌がった。なのに、自ら霙一を望んだ。その違いがわからなかった。その上、自分の中でも、もう無理強いをしてあなたを傷つけることができなくなった。男は性的な快楽を歓迎するものだと思っていたのに、あなたが死にたいほど辛いと告白したのが、自分の行動だと気づいてしまったから。それで、ここから逃げ出したんです。祖父の望みを叶えることができず、あなたの好意も理解できずに」

そこまで喋ると、安藤さんはコホンと小さく咳払いした。

「向こうがどう思っていようと、私にとって霙一は大切な身内です。ですから、彼には幸せになってもらいたいし、望みを叶えてもあげたい。そこで、あなたに提案です。樋口印刷の株を全て、私に譲ってください」

「……え?」

「外部に印刷を発注するとコストが嵩《かさ》む。色々と調べましたが、樋口印刷は変なしがらみもなく、取引先のトラブルがなければ、経営も順調でした。まあ、優良物件と言っていいでしょう。まるごと安藤グループに組み込めば、会社は安泰です。あなたの負うべき責任、社員の面倒を見るということは果たせます。社名の『樋口印刷』も残しましょう」

「待ってください。それはどういう……」

「祖父は検査のために、今山を下りて自宅にいます。いい機会ですから、全身を調べてもらうために入院させるつもりです。『空木』は自分が身体を治したのだから問題はないと言って山へ戻りました。あの山荘に一人でいるでしょう」

彼はポケットからキーケースを取り出すと、中の一本を外して俺の方へ差し出した。

「山荘の鍵です。樋口印刷の株と引き換えです。もちろん、正当な代価はお支払いします」

会社か、空木さんか、どちらを取るのかと訊いているのだ。

この鍵を受け取れば、今、安藤さんが話したことが真実かどうかを、空木さん本人に確かめられる。

もし鬼の話が嘘でも、彼に会える。

自分は、いい社長ではなかった。

頑張っているつもりだったが、所詮は世襲で就いた地位に、無力さを感じるばかりだった。

だが、安藤グループを引っ張っているこの人ならば、きっと上手くやれるだろう。

「絶対に、社員の皆さんを大切にしてくださいますね？　誰の首も切らずに」

「もちろん。何せ、祖父が生きている間、私は負けないですからね」

安藤さんは、初めてにっこりと笑った。

差し出された鍵に手を伸ばす。

安藤さんの手が離れ、鍵が俺の手の中に残る。

しっかりと掌にそれを握る。

「空木を、霙一を、よろしくお願いします」

正面から真っすぐに俺を見るその目は、家族を想う、優しい瞳だった。

「はい」

安藤さんが、カーナビに山荘の住所を打ち込んでくれたので、エンジンをかけると、俺は真っすぐにあの山を目指した。

「あちらは雪が深いですから、厚着をしていった方がいい。途中で食料も買っていきなさい。会社の譲渡については、後でゆっくり話し合いましょう」

安藤さんの言葉に送られ、俺はアクセルを踏んだ。

街灯やネオンで明るい都心の道を進み、高速に乗る。トラックの多い真っすぐな道を北へ。

運転している間、俺は安藤さんの言葉を、空木さんの態度を思い返していた。

初めてあの山荘で老人が空木さんに協力を頼んだ時、彼は『範囲内なら』と言っていた。あれは、老人と空木さんの契約の範囲内でなら、ということだったのだろうか？

あんなに何でもできるのに、車の免許を持っていなかったのは、鬼だから、戸籍がないから？

空木さんは、老人が均さんに経営を教える様を側でずっと見ていたと言った。

たとえ生まれが大昔であっても、三十年近く企業のトップの傍らにいて、その姿を見ていればある程度のことは覚えただろう。

会社の重役に、空木さんは安藤の孫だとは名乗らなかった。そう説明したのは自分だ。あれは本当の孫ではないから？

ああ、そうだ。

俺が好きだと告白した時、彼は酷く戸惑っていた。

あの様子が、安藤さんの言っていた『理解できない状態』だったのだろうか？　俺の告白をどう断るかではなく、自分の理解の外から語る言葉について考えていたのだろうか？

何もしてやれないのに、『俺』なのかというようなことも言っていた。

あれは、鬼ならば俺の望みを叶えるが、空木さんは何もしてやれない。なのに空木の方がいいのか、ということだったのだ。

彼が消えた夜、来るはずだった鬼が姿を見せなかったのは、二人が同一人物だったからだ。

いや、まだわからない。

彼があの鬼であると決まったわけではない。

俺はそれを確かめに行くのだ。

そしてあの時の返事をもらおう。

結果は、やはり『すまん』で終わるかもしれない。でも、宙ぶらりんのまま放置されるよりはいい。答えももらえなかったから、自分は空っぽのままだ。この心の空いた場所に、どんな形でも彼の返事を留《とど》めたい。

高速を降りて一般道に入ると、黒いアスファルトの両端には白い雪。

ちらちらと空から舞ってくるものもある。

やがて黒い道に灰色の轍が見え、それも白く変わってゆく。

あの時と一緒だ。

あの時も、雪だった。

あの時の『白』は全てを呑み込む、絶望の色だった。

でも今はこれを希望にしたい。

雪明かりが、彼のところへ導いてくれるのだと信じたい。

もしも、彼が人ならば、告白して答えをもらって、それで終わる。

もしも彼が鬼だったら……。

冷たい指の持ち主だったら。

力で強引に襲ってくる者だったら。

『空木は、親子の情は知っていますが、友情や恋愛感情には疎い。彼が言うには、そんな感覚は昔にはなかったそうですし、彼自身、生け贄として捧げられたのはまだ少年の頃だったので』

『取引もない、何も与えることのない『霙二』が望まれる理由がない、というのが彼の考えです』

『彼は混乱していました。与えるものがあって、初めて受け取るものがある。だが、何もいらないのに与えようという者は、彼の頭の中には存在していないんです』

安藤さんの言葉。

空木さんの心は、子供なのだろうか？

長く生きて、他人が語る恋や、肉体の関係は知っているが、自分が体験したことはないのだろうか？

ずっと、ずっと、誰とも愛情を交わしたことがなかったのだろうか？

そういえば、何かの本で、明治以前には旅人は宿として民家に泊めてもらう代わりに己の身体を差し出していた時代があると読んだことがあった。

性に奔放《ほんぽう》だったのだ。

だから、彼は快感があれば、問題ないだろうと思っていたのかも。経験がないから嫌がるが、気持ちがよくなれば問題はないだろう、これは悪いことではないのだからと。

幼いというより、無知。

時代による認識の違いだったのかもしれない。

カーナビの案内に従い、人家のない山道に進む。

雪は、あの夜よりも少なかったが、辺りの景色は真っ白だった。

張り出した木の枝から、ドサリと雪が落ちる音も聞こえる。

タイヤが雪に取られて滑るから、心は逸るのにスピードを落とす。

白い夜。

彼に会いたい。

会ってもいいと言われて、彼が自分を嫌ったわけではないという話を聞かされて、一度諦めた恋心が再び燃え上がる。

会いたい。

彼が人でも鬼でも、俺が会っていた、自分の側にいてくれた空木さんが芝居ではなく彼自身の姿であるなら、もうどちらでもいい。

『白鹿《はくしか》土産物店　この先一キロ』の立て札が見える。

更に進むと、『自家用車左　大型バス・トラック右』の矢印もあった。

その矢印を過ぎて暫く行くと、左に曲がる細い私道。

『目的地まで、あと五十メートルです』と告げるナビの声。

雪の舞う先に、あの大きな山荘。

明かりは灯っている。

彼がいる。

エンジンの音に気づいただろうか？

また逃げ出したりしないだろうか？

山荘の玄関先に車を停めると、エンジンを切ってすぐに飛び出す。

ポーチの階段を駆け上がり、厚い木の扉を叩く。

「空木さん！」

雪が、顔に当たる。

明かりは山荘の窓から漏れてくるものだけ。

「空木さん！　樋口です。開けてください！」

合鍵はもらった。でも彼に開けて欲しかった。俺を迎えて欲しかった。

「空木さん！」

手が痛むほどドアを叩くと、やがてドアは内側から開いた。

「……樋口」

部屋の明かりを背に、逆光の大きなシルエット。

「どうしてここに」

「会いに来たんです。あなたに」

上着は厚手のものを羽織っていたが、顔に当たる夜風は冷たく、すぐに顔がパリパリになる。

「返事が聞きたくて。ちゃんと、あなたと話がしたくて」

「それは……」

これが本当の最後のチャンスだから、本当の気持ちを聞かせて欲しい。

戸惑う彼のセーターの胸元を摑んでその目を見上げる。

「あなたが何者であっても、俺はその返事が聞きたいんです」

もう、全部知っているからという眼差しで……。

暖炉には薪《まき》がくべられていて、部屋の中は温かかった。

吹き抜けの、広いリビングの大きなソファに腰を下ろすと、彼はすぐに立ち上がった。どこへ行くのか、と不安な目を向けると、「寒かっただろう。コーヒーでも淹れてやる」と言って出ていった。

すぐに戻ってきて、湯気の立ちのぼるカップを差し出されたが、俺はカップではなく差し出した手の方を掴んだ。

「樋口」

「返事を、聞かせてください」

「俺が何者だか、知ってるのか？」

「安藤さん、……均さんから聞きました。正直、まだ半信半疑です」

手を掴んだままでいると、彼は観念したように俺の隣に座った。

「俺は人じゃない。人だった頃もあったが、そんなのは遠い昔の話だ」

静かな声だが、何かを諦めたような響きだった。

「あの……、鬼があなただったんですね？」

「そうだ」

彼はすぐに認めて頷いた。

「わかったら、それを飲んで帰れ」

「いやです。まだ返事を聞いてません。俺は……、あなたが好きなんです。抱いて欲しいとお願いしました。どうかその返事を」

改めて言うと、空木さんは長いため息をついた。

「俺に抱かれるのは、死にたいほど辛いことなんだろう？」

「俺の意思を無視して、ただ肉欲のために抱かれるのは、相手が誰であっても嫌です。俺は……、そういうことに慣れていないので、抱かれるなら自分の好きな人がいい」

「人の姿だったら抱かれる、ということか？」

「違います。あなたの気持ちが知りたいんです。……鬼として俺の部屋に来た時、あなたは俺のことなんか考えていなかった。自分の肉欲を満たす相手なら誰でもいいと思っていた。そうでしょう？」

「……ああ」

「それは人の姿をしていても、鬼の姿であっても、嫌です。辛いことです。でももし、……もしもあなたが俺を好きで求めてくれるなら、嫌ではないです」

「何故？」

彼は不思議そうな目で俺を見た。

ああ、やはり彼は『わからない』だけだったのだ。

「身体と心は一つだからです。昔のことは知りません。あなたの考え方もわかりません。でも、『俺』は『誰でもいい』と思っている人に抱かれたくはない。『俺』だから欲しいという人に身を任せたい。だから……、空木さんの本当の気持ちを教えてください。俺を抱くのは、誰でもいいから相手が欲しいんですか？　それとも、俺だからですか？　俺があなたを好きだという気持ちは迷惑ですか？」

「迷惑なわけはない」

ずっと摑んだままだった手が、逆に彼の方から摑まれる。

「俺には、わからない。何故俺なんかがいい？　人である俺はお前に何もしてやっていないのに。やはり『人』だからか？」

俺の前では、いつも自信に満ち溢れていた人が、不安げな顔をしている。

本当にわからないというように。

「何もしてなくないです。俺は、いっぱいしてもらいました。命を助けてもらって、心細い時に側にいて、仕事のことも教えてくれて。何にもできない俺を否定せず、小さなことでも褒めてくれて。甘やかすだけでなく、厳しくもしてくれました」

「そんなことぐらいで」

「あなたにはそんなことでも、俺にとってはあなたを好きになる理由だったんです。……あなたは？　空木さんは俺をどう思ってるんですか？」

自信がないから声が震える。

「雪の中に倒れているお前を見た時は……、丁度いいと思った。長くここにいて、身体を繋ぐ相手がいなかった。問題は起こさないようにとジジイと約束していたからな。死にたいと言ってる人間なら、問題にはならないだろうと思った。顔を見たら、綺麗で、気に入った。その細い身体も」

「それ……だけですか？」

「それだけ『だった』。だが、東京でお前と過ごしているうちに、それだけではなくなった。望みを全て叶えていないのに、手を伸ばしたくなった。お前の気持ちを無視しても、抱きたいと思った。それが性欲だと思った」

気持ちを無視して、という言葉が胸に刺さる。

けれど、まだ言葉は続いていた。

「なのに、お前に死ぬほど辛いことだったと言われて怖くなった」

「怖い？」

「……そうとしか言いようがない。お前を悦ばせたかった。なのに悦んではいなかった。もう一度抱きたいと思ったが、悦んではいないのだと知ったら、手を伸ばすのが怖くなった」

摑まれていた手が離れ、頬に触れる。

手は、冷たかった。

これが彼の本当の体温なのだ。

温かいと思っていた手は彼の処世術だった。

それでも、俺の頰に触れていれば温かくなってゆく。

「性欲はわかる。本能だ。だが恋は知らない。これがそうかと問われてもわからない。ここへ戻ってからも、お前のことしか考えられなかった」

「他の誰でもなく？」

「樋口以外に、もう興味はない」

「それなら……、いいです」

「樋口」

俺が離れると思ったのか、彼はとっさに俺を抱き締めた。だから俺はその背に腕を回した。

「それなら、その気持ちに『恋』と名を付けなくてもいいです。俺が空木さんを好きなことを許してくれて、あなたが俺だけを求めてくれるなら。やっぱり俺はあなたが欲しい。あなたに抱かれたい」

「人でなくとも？」

「空木さんなら」

彼は無理やり俺の身体を離した。

腕の長さの分だけ離れた先で、空木さんの姿がゆっくりと変わってゆく。

視覚がそう見せていただけだったのか、彼の不思議な力が外見を変化させるのか、黒い肩までの髪が、白く長いものに変わる。

セーターだと思っていた服も、白い死に装束のような着物になった。

「これが俺だ」

血に染まったような赤い瞳と蒼白《あおじろ》い肌。

鬼の顔を見たのはこれが初めてだった。いつも夜の闇の中で襲ってくるだけだったから。

でももっと早くに、その顔を見るべきだった。

見ていれば、二人が同一人物だとわかっただろうに。

「空木さんです。どんな姿でも」

「樋口」

腕は再び俺を強く抱いた。

「約束だ。抱かせろ」

「いいえ。約束は履行されてません。会社は手放すことにしました。だからこれは約束じゃなくて『気持ち』です」

近づく色の薄い唇。

目を閉じることなく受け止める冷たい感触。

これが初めての、『空木さん』とのキスだった。


この山荘に拾われた時、俺が出入りできたのは、与えられた部屋とリビングやダイニングなどの共用部分だけだった。

だから、彼の私室に入るのは初めてだ。

部屋は、洋室で、大きなベッドが一つ置いてあるだけだった。

テレビやデスクもない。

「座敷だと思ってました」

「俺が昔の人だからか？」

「はい」

「昔も、畳の上なんぞで暮らしたことはねぇよ」

空木さんは軽々と俺を抱き上げ、ベッドの上へ下ろした。

「望みを叶えなくても、全部俺のものになるのか？　最後までするぞ？」

「……はい。覚悟してます」

「覚悟か」

彼は少し笑って俺の上に覆いかぶさった。

人間の感覚というのは不思議なものだ。

あれだけ怖くて、嫌だと思っていたのに、それが空木さんだと思うと緊張しかない。

姿が白髪の鬼となっても、中身は彼なのだ。

外見など人間だって月日が経てば変化する。老いた夫婦が変わらぬ愛を育むのは、愛情というものが外見で決まるものではないからだろう。

「冷たい……」

またキスされて思わず呟く。

「死人、なんだろうな、多分」

彼は皮肉っぽく笑った。

「そうなんですか？」

上着は、リビングで脱いでいた。

今身につけているのはノルディック柄のセーターとデニムだ。

そのセーターの中に、彼の手が滑り込む。

「生きてる人間じゃないさ」

「安藤老人と知り合うまではどうしていたんです？」

手はひんやりとしていたが、中に着込んだシャツの上から触れられたので、冷たいとまでは思わなかった。

「よく覚えてないが、偉そうな坊主がガチャガチャ言ってたな。俺を封じるとか何とか」

「封じられたんですか？」

「いいや。ただ退屈だから、芝居に付き合っただけだ。もう知り合いもいなかったし、村もなくなったから。ただ寝てただけさ」

「鬼になってから、ずっと一人だったんですか？　……ひっ」

手がシャツを捲って肌に触れたから、小さく声を上げてしまう。

「冷たいか？」

「少し。でもすぐに慣れます。寄り添っていれば、同じ体温になりますから」

面白い考えだというように、彼が鼻を鳴らす。

差し込まれていただけの手が、シャツとセーターを捲り、脱がせた。

リビングのように暖炉があるわけではなかったが、部屋に入った時に点けてくれた暖房が、少しずつ部屋を暖めていた。

「俺の父親はマレビトでな。今風に言うと私生児だ」

「マレビト？」

「村にとっての外来者だ。流れのタタラだったり、行商人だったり、呪言師だったり、坊主だったり。単なる旅人でもいい。山奥の村は人との交流がなく、血が固まる。だから外来者の血を入れる。だがマレビトは村から去る。だから、俺が生け贄になったんだろう。訴える親がいないから」

「でもお母さんは？」

「子供は俺以外にもいっぱいいる女だった。で、桶《おけ》に入れて埋められてからは、一人だ。一緒に暮らしたのは保が初めてだ。だがあれにはこんな気持ちにはならなかったな」

剥き出しになった胸に彼の顔が埋まる。

濡れた冷たい舌が胸を舐めたが、温度差でそれを愛撫とは思えなかった。

「俺とも……、一緒に暮らしてくれます？」

「好きな時にさせてくれるならな」

「う……」

「好きじゃないのか？　性行為は」

「好きじゃないというか、経験が乏しいので……」

「ああ、童貞だったな」

「空木さん……！」

「女の匂いが残ってなくていい」

また舌が胸を濡らす。

今度はさっきより冷たいとは思わなかった。

それだけに、人の舌という感触が強くなる。

「鬼はいたんですか？　空木さんの前の」

「いた。獣のような男だった」

「鬼って、何なんです？」

「さあな。宇宙人かもしれないし、超能力者かもしれないし。吸血鬼とか、獣との混血かもしれない。俺に人肉嗜好はないが」

「……よかった」

「世の中には、説明できないことは山ほどある。鬼という存在もその一つだろう。人は説明がつくものを科学と呼び、つかないものを気の迷いと言う。その程度の違いだ」

彼のことをもっと知りたかった。

本当に愛した人はいないのか。

どんな子供時代を過ごしたのか、一人になってからどんな生活をしていたのか。

けれど、もう会話を続けることはできなさそうだった。

「……あ」

手がデニムにかかる。

ボタンを外し、ファスナーを下ろし、下着の上から触れてくる。

ためらうことなく彼は下着の中から俺のモノを引き出した。

人に見せるようなものではない場所だから、恥ずかしさに身が縮む。

彼が鬼であった時は恥ずかしさより恐怖が先だった。

それに、鬼が現れたのはいつも暗闇の中で、明かりは窓から漏れてくる程度。彼の身体も自分の痴態もわからないぐらいだった。

でも、ここは明るい。

「空木さん……、あの……」

「何だ？」

「明かりを消していただけませんか……」

「この姿を見るのは嫌か？」

「そうじゃなくて、恥ずかしくて……」

「男同士で恥ずかしがることもないだろう。それに、お前の裸はもう見てる」

それはそうだけれど、相手が空木さんだと思うと……。

「う……っ」

話の途中なのに、彼は引き出した俺のモノを口に含んだ。

ぴちゃぴちゃと舌なめずりするような音が響き、恥ずかしさが増す。

冷たいとばかり思っていた舌の、湿った柔らかさに鳥肌が立つ。

「不思議だな。自分が満足するより、お前がどう感じてるかが気になる」

咥えたまま喋るから、微妙な振動が刺激となった。

「あ……」

手が胸をまさぐり、舌が下肢を濡らす。

部屋に満ちる光は、その全てを見せつける。

抱かれるなら、この人がいいと思っていた相手に抱かれ、身体が熱くなる。

冷たかった空木さんも、熱を帯びてくる。

「や……」

部屋は暖かいのに、全身に鳥肌が立った。

空木さんの手が少し乱暴にデニムを引っ張るから、腰の辺りが剝き出しになる。それでもまだ引っ張られ続け、終《つい》にはすっかり脱がされてしまった。

大きな手が肌の上を滑ってゆく。

撫でさするような動きは余すことなく俺を確かめる。

彼が言った通り、自分の欲望を遂げるためではなく、俺がここにいることを確認しているような動きだ。

胸から脇腹を通って腰に。

腰から前に回って内股に。

それからまた腹の上をのぼって胸に、腕に。

愛撫を受けている間に呼吸が浅く、早くなってゆく。

「あ……」

動き回る手が、内股に止まり、大きく脚を開かせた。

「ま……、待って……っ」

「俺のものになるんだろう?」

「は……、恥ずしいんです……」

「何故?」

「何故って……」

「白くて綺麗な身体だ。男としては細過ぎるか?」

「今時は普通です……。空木さんが逞《たくま》し……っ。ん……」

俺のモノを包んだ手が、動く。

強い力ではないが、強過ぎないだけにゾクリとする。

「ア……ッ」

腰の奥からじくじくとした快感が溢れる。

もうイッてしまいそうで、耐えるために力を入れると、四肢が小刻みに痙攣した。

「や……っ。だめ……」

疼きが、解放を求めて彼の手の中に集まる。

「出るか?」

「空木……さ……」

反射的に自分の手で押さえると、彼はその手を払いのけた。

「隠すな」

「でも……」

「俺のものだ。全部見る」

その言葉に、触れられた時と同じような快感が走る。

彼が自分を所有したがってるということが、嬉しくて。

「ひ……ぁ……」

片方で前を握ったまま、もう一方で開いた内股を撫でる手。

手は奥へ入り込み、襞に触れる。

柔らかくヒクつく場所の中心に指が差し込まれる。

「……ッ！」

簡単には入らなくて、閉じた筋肉が弾くけれど、指は何度もそこへの侵入を試みた。

繰り返される動きに入り口は段々と防御を崩し、指を受け入れる。

やがて深くではないが、指が中に残る感覚があった。

指の先は中で動き、入り口を広げようとする。

膝を合わせて脚を閉じようとすると、肩が入り込み、それを邪魔した。

頭がクラクラする。

快感の波が押し寄せる度、それを乗り越えようと息を詰めるせいで酸欠になっているのかもしれない。

「動いてる」

空木さんの声が少し遠い。

「中が熱い」

指に力が込められ、深く入る。

思わずのけ反り、指を締め付けてしまう。

どこを弄られてるから感じてしまうのか、もうわからなかった。

前を握られ、中を探られ、腹を舐められ、身体が燃える。

「慣れてないなら、後ろからの方がいいな。前からだと、脚を持ち上げなきゃならない」

恥ずかしいことを平然と言ってのける彼が少し憎らしかった。

「俯《うつぶ》せになって、膝をつけるか？」

「は……なれてくれたら……」

「自分でできるか？」

返事の代わりに、俺は首を縦に振った。

自分でしなければ彼にどんなことをされるかわからなかったので。

指が抜かれ、手が離れると、ようやく息がつけた。

「ほら俯せろ」

「は……い……」

もぞもぞと動いて俯せになる。

彼の顔が視界から消えるのは寂しかった。

「尻を上げろ」

「無理……」

「こうだ」

空木さんは俺の腰を捕らえると、引き寄せながら持ち上げた。

「あ」

膝が曲がり、そのせいで腰が上がる。

「や……っ！　だめです……っ！」

声を上げたのは、彼がソコを舐め始めたからだった。

前ならばわかる。フェラチオぐらい自分だって知っている。

けれど、後ろの穴を舐めるなんて。

「やめて……っ」

「濡らさないと、キツイぞ」

「汚いです……」

「俺は気にしない」

「でも……」

言ってる間にも、舌はそこを濡らし続けた。

時に尖《とが》らせて硬くし、中に入ってこようとする。

「……っ、ア……ッ、アッ」

滴《したた》る唾液が、内股を伝って零れてゆく。

「う……っつぎ……。ア……」

手が股の間から再び前を握った。

「だ……。だめ……。許して……」

「許す？　何を？」

「もう……」

「イくか？」

身体を支えるためについていた腕から力が抜け、腰を残して顔からベッドに突っ伏す。

みっともないほど喘《あえ》ぎ声を上げながら、何とかイかないように脚に力を入れる。

でもそんなのは無駄な努力だった。

力ずくでも感じてしまったのだ。

合意で、望んでいる相手が、丁寧に与えてくれる愛撫に抗えるはずがない。

舐められている場所は終始ヒクつき、握られた先からは露《つゆ》が零れ、彼の手を汚した。

「あ……、は…ッ、あぁ……」

もうダメだと思った時、前を握る手は強く力を入れた。

「……ッ」

痛みが走り、迫り上がっていたものが息を潜める。

空木さんが身体を起こす気配がして、舌ではないものがそこに当たった。

「舌を噛むなよ」

前をコントロールしながら、彼の身体が近づく。

硬く冷たいものが当たる。

痛みがあると身構えて力が入る。

ゆっくり肉を押し分けるようにソレは侵入してくる。

「ひ……ッ！」

皮膚が引っ張られ、肉が広がる。

感覚のない場所に異物が入ってきて、内側から圧迫感を覚える。

肉が擦れ合う感覚。

深く入り込むモノが、どこまでもどこまでも、俺を貫いてゆく。

もう声など出なかった。

彼に不思議な力を使われたわけでもないのに、言葉もなかった。

呼吸をする度に漏れる喘ぎが自分の耳を塞ぐ。

「い…、ひ……っ。は……ぁ…っ」

空木さんが動く度に、押し出されるように音が溢れる。

声ではない。切れ切れの音だ。

お腹が熱くなり、その中が冷たくなる。

揺らされて、平衡感覚がなくなり、目が回る。

「や……」

「樋口」

腰を捕らえていた手が、てんでに動きだして身体をまさぐる。

「もっと欲しい……。もっとだ」

言う度に彼が深く入り込んで身体が密着する。

一カ所で繋がった身体に、もう温度差はなかった。

二人は一つになって、一緒に揺れていた。

これを恋だというのだろうか？

孤独な魂が呼び合っただけというのだろうか？

もう呼び方なんてどうでもいい。

ただ、一番側にいたい人と一緒にいられることを喜べる関係。そんな簡単なものでいい。

彼の長い髪が零れて、俺の肩にかかり、視界に映る。

白だ。

彼が動く度にその白が視界の端に踊るから、外に舞っていた雪を思い出した。

溶けない雪。

俺に降り注ぐ雪。

どんな暗い夜も、月がなくても、仄白《ほのじろ》く光を放つ結晶達が瞼《まぶた》の奥にもチラつく。

「だ……め……っ。もう……っ」

溶ける。

奥を突かれ、神経に沿って電流が走ったかと思うと、俺は溜まった熱を吐き出した。

「あ………」

吐き出すものと共に力が抜ける。

同時に身体の内側に冷たいものが溢れる。

溢れて、外に流れる。

覚えているのはそこまでだった。

脳天を貫くような快感に意識を奪われ、俺はそのまま目を閉じた。

全身が痙攣する中、背中に優しいキス。

でもそのキスに応えることはできなかった。

もう、指一本動かすこともできなくて……。


遠い昔のことなど知らない。

空木さんの過去に何があったかも知らない。

鬼の正体もわからない。

それでも、俺はやっぱりこの人が好きだった。

空木さんの側にいたいと思う気持ちを止められなかった。

自分が弱い人間なことは知っている。

平凡で、できることは少ないことも。

なのに、他の人では考えられない恋に飛び込むことに躊躇《ちゅうちょ》はなかった。

「弁護士は安藤のを使ったのか？」

料理も、まだヘタだ。

作れる朝食のレパートリーが少ないので、今朝はベーコンエッグとインスタントのスープにサラダ、バターをつけて焼いたトーストだ。

しかもベーコンエッグは黄身を焼き過ぎていた。

「うちには企業弁護士はいないんです。顧問弁護士は樋口家の弁護士ですし。でも同席はしていただきました。遺産相続の時にお世話になりましたから、引き続き樋口家の弁護士として契約は続けるつもりです」

空木さんはそれを見て呆れた顔をしたが、文句は言わずコーヒーを淹れてくれた。

「叔父さん達の分はどうするんだ？」

「安藤さんが買ってくれると聞いて、売ろうとしたみたいですけど、もっと株価が上がるんじゃないかと思って手元に残すことにしたみたいです」

俺が山荘に車を走らせた一週間後、俺と空木さんは一緒に東京に戻り、樋口印刷を安藤グループに売るための契約を締結した。

もちろん、事前に重役にはその旨を報告した。

反対されるかと思っていたのだが、大きな企業の傘下に入ることは安泰に繋がると、皆意外なほど歓迎してくれた。

それを聞いた叔父さん達は今がチャンスとばかりに株券を売ろうとしたが、今言ったように値が上がるのを待つことにしたようだ。

売買契約はすみやかに終了し、俺はもう社長ではなくなった。

そして樋口印刷自体からも退職した。

新しい社長が来るのに、前の社長が居座るのも何だろうと思ったので。

それよりも、俺にはやりたいことがあった。

俺はまず、会社の株を売った代金で安藤老人の山荘を買った。

老人は体調を考え、均さんが山を下りるように促したから、ここに住まう人がいなくなるという話だったので、それならば自分が買い取りたいと申し出た。

だって、ここは空木さんの故郷だから。

どんな苦い記憶があっても、きっと空木さんはここを離れたくないのだろう。だから、老人はここに彼を住まわせていたのだろう。

そう思うと、自分達が暮らすのはここがいいと思ったのだ。

俺と空木さんと二人。誰にも気兼ねなく暮らすには、東京よりもここの方が……。

東京の樋口の家はそのまま残しておいて、管理はキミさんに任せていた。

老人は格安で山荘を譲ってくれたので、当分働かなくても十分に生活はできるだろう。

だが、何もしないのはつまらないということで、ここでできる仕事を二人で考えている。

俺がもう少し料理が上手くなったら、予約制のレストランとか。

そう言ったら、空木さんは鼻先で笑ったけれど。

これからのことはゆっくり話し合えばいいと言って。

「眩しいですね」

窓を開けると、外からは冷たい空気が流れ込むが、日差しはもう柔らかかった。

窓から身を乗り出す俺の背後から近づいた彼が、のしかかるようにして一緒に顔を出す。

「もうそろそろ春だからな」

「……重いです」

「これぐらい我慢しろ。男だろ」

「今時は『男だから』『女だから』っていうのは禁句なんですよ」

「くだらない。男には男に、女には女にしかできないことがあるからそう言うんだ。同じものとして扱う方が間違ってる」

ジェネレーションギャップとか、まだ色々と理解し合わなければならないことはあるだろう。

彼に『恋』を説明するのも時間がかかりそうだ。

その時間はたっぷりある。

夜は明け、雪は溶ける。

恋人は側にいて、孤独も遠い。

だから、のしかかってきていた空木さんがくれる深いキスにもいつかきっと慣れるだろう。

「さあ、それじゃメシを食おう」

「はい」

側にいる。
ただそれだけで得られる幸福に酔いしれながら……。

あとがき

初めまして、もしくはお久し振りでございます。火崎勇《ひざきゆう》です。

この度は『白い夜に…』をお手にとって戴き、ありがとうございます。

イラストの乃一《のいち》ミクロ様、素敵なイラストありがとうございます。担当のT様、色々とありがとうございました。

ネタバレがあるので、嫌な方は後回しにしてくださいね。

と言っても、ネタバレというよりバレバレなのかもしれませんが。

樋口《ひぐち》は、いい青年なんですが、経営者向きではなかったので、空木《うつぎ》と田舎で喫茶店かなんかやってのんびり暮らすのがいいと思います。

空木は、恋愛というものを知らずに鬼になりました。でも、永く生きてきたので、生殖とか肉欲とかの知識はあるのです。知識としては、恋愛というものも知っていました。

今まで彼の周囲にいた人間は、怯えるか、頼るかだったのですが、人間としての空木に、親愛を示し、鬼の空木を利用しようともしない樋口に

『いつもと違う』と不思議な感情を抱いたのです。

安藤《あんどう》の家とは長く暮らしていましたが、彼等がくれるのは家族や友人としての愛情、樋口が向ける恋愛とは違うのです。

だから、それに応えようとする間に、彼もまた恋をしたのです。

これから二人はどうなるのでしょうか？

金銭的には余裕があるので、まず樋口は安藤老人からあの山荘を買って、二人で山小屋風の喫茶店なんかやる。

で、樋口の友人とかが訪ねてきたり、彼を口説く客が現れたりすると、夜は空木が大変なことに。

イメージとしては、乱暴だけど、実は空木が甘えてるといった感じ？

空木狙いの人間が来ても、空木の正体を受け入れられるのは自分だけ、と思っているので、結構樋口は怯えない。でも、同じ鬼が現れたりすると、ちょっと慌てるかも。

その葛藤も楽しみです。

そろそろ時間となりました。また会う日を楽しみに、皆様ご機嫌好う。

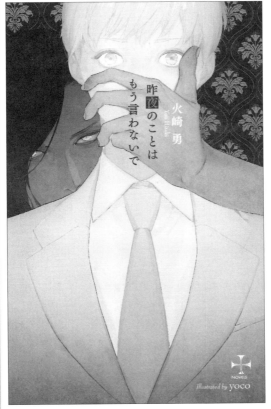

CROSS NOVELSをお買い上げいただき
ありがとうございます。
この本を読んだご意見・ご感想をお寄せください。
〒110-8625
東京都台東区東上野2-8-7　笠倉出版社
CROSS NOVELS 編集部
「火崎 勇先生」係／「乃一ミクロ先生」係

CROSS NOVELS

白い夜に…

著者

火崎 勇

2016年12月23日　初版発行　検印廃止

発行者　笠倉伸夫
発行所　株式会社 笠倉出版社
〒110-8625　東京都台東区東上野2-8-7　笠倉ビル
[営業]TEL　0120-984-164
FAX　03-4355-1109
[編集]TEL　03-4355-1103
FAX　03-5846-3493
http://www.kasakura.co.jp/
振替口座　00130-9-75686
印刷　株式会社 光邦
装丁　斉藤麻実子〈Asanomi Graphic〉
ISBN 978-4-7730-8842-7
Printed in Japan